新世紀
少兒文學家

新世紀
少兒文學家

新世紀
少兒文學家

新世紀
少兒文學家

新世紀少兒文學家 01

紙青蛙

鄭清文精選集

林文寶 主編

鄭清文 著

黃郁軒 圖

編選前言

國立台東大學榮譽教授　林文寶

「少年小說」是少年、兒童閱讀領域中甚為重要的一種體裁，具有「跨越性」的功能——從童書導向成人閱讀的跨越。在台灣，少年小說擁有廣大的閱讀群眾。無論是歸屬於台灣本土創作與得獎作品，還是大量翻譯國外優良的作品。廣度上在於出版的「數量」；深度上在於作品的「品質」，均有相當高層次的水準，這是令人欣喜的現象。

然而，地球村潮流與文化殖民影響，相對的，無形中也造成「文化霸權」的入侵。深具台灣人文關懷與本土自然風情的優秀創作，往往因此緣故，可能出版未久，便覆沒在廣大的書海裡。

於是，為了免於有遺珠之憾，各項評選、推薦的活動順勢而起。一方面期望在茫茫書海中為讀者再次尋找優良的作品，這樣的歷程，可謂是在精華中萃取精華；另一方面也是為在地語言、本土文化、歷史傳承與深具台灣本土意識的佳作，提供再一次聚光的舞台。

所以，關心兒童文學出版，有其必要性的適時觀察、檢視，以期了解全面性的發展過程。綜觀兒童文學無論是常態性的出版運行，還是隱藏性的書寫變化，都是在呈現一時一地文學之菁萃，使其蓬華生輝。

筆者長期蒐羅兒童文學作家作品，輯注出版書目，曾於一九八七年及一九九八年兩度策劃兒童文學各文類階段性編選工作，並編纂二〇〇〇至二〇〇九年兒童文學年度精華選集。

就兒童文學小說一類之演進，在關注發展與多方蒐集資料，題材自寫實鄉土至奇幻異境；從孤兒自勵到頑童冒險，可見取材視野之開闊，風格也趨向多元多變。

在見證作品豐富多變之時，身為讀者固然「開卷有益」是一種幸福，然而作為評選者往往就得慎重面臨思索、分析與取捨作品，來滿足讀者及研究者。慶幸在不同時期，我們擁有願意支持這份志業的出版家，以及願意擔負這份重責的編選者，所以完成多部眾聲喧嘩、質量可觀的兒童文學小說選集，持續為茁長兒童文學的枝幹，增添新葉。

九歌出版社自一九八三年設立「九歌兒童書房」（後更名為「九歌少兒書房」）書系，其文教基金會繼於一九九三年起舉辦「九歌現代兒童文學獎」（後更名為「九歌現代少兒文學獎」），不論是獎勵作家創作或是出版優秀作品，每件事都為台灣少年小說的開展樹立典範。為服務廣大兒童文學小說愛好者，特地規劃「新世紀少兒文學家」書系，以個別作家的整體作品為範疇，精選適合少年兒童閱讀的作品編輯成冊，這樣的兒童文學作家作品編選方式是前所未有的。

在台灣兒童文學創作領域以少年小說為創作主力者，在各時期都有名家傑作產生。有些職志未改，始終關注青春少年議題，為其發聲，儘管時空轉換，仍是筆耕不輟；有些志趣轉向，然而對少年兒童的精準描繪與豐富想像仍舊可觀。

這些作家對台灣少年兒童所處的家庭、學校、社會構築的生活有其獨到的論述，成就獨樹一幟的敘事，不僅體現在地作家的人文關懷，更形成反映本土現實的珍貴資產。

本書系為本土少兒文學名家作品選集，主要提供國小高年級及國中以上學子閱讀之優秀作品，所選名作都與少年讀者生活息息相關。文章以精短為主，可讀性與適讀性兼具，以期少年讀者能獨立閱讀。

走過千禧年，在第一個十年之時，希望本書系之出版能為本土少兒作家的文學成就獻上禮讚，亦為台灣少年讀者的閱讀視野再闢風光，謹以為誌。

推薦鄭清文

描寫台灣城鄉風土

鄭清文從事創作五十多年，作品類型相當多元，涵括長篇小說、文藝散論、翻譯、童話、寓言等，而以短篇小說最富盛名。他的作品以情節簡明、文字清淡為特色。

鄭清文對故鄉和童年的回憶，往往成為創作敘事的素材。少年讀者可以藉由〈睇〉和〈童伴〉窺見日據時期及戰爭結束前後的兒童尋常生活；他對現今少年兒童生活也有相當深入的觀察，透過〈下水湯〉、〈貓〉、〈雞〉、〈門檻〉等作品關於升學制度衍生議題的探討，少年讀者也容易感同身受，有所啟發，挹注成長。

鄭清文的作品總是精準地呈現在地生活種種人事物的樣貌，例如〈一對斑鳩〉和〈檳榔城〉飽富台灣城鄉風土的描寫，少年讀者不容錯過；而〈紙青蛙〉和〈割墓草的女孩〉所塑造的年輕主角在面對困難時所展現的堅韌個性，似乎也表現出作者對臺灣少年兒童的特質的期許。

本書所選作品主題廣泛，敘事深刻，不僅充分表現鄭清文對過去及當下青少年、兒童的處境的關注，也顯示鄭清文在少年小說創作上累積的可觀成果，值得少年讀者潛心細讀。

林文寶

與小讀者談心

水庫的水源

一九四五年三月，我國民學校畢業，十二歲又六個月。那時，台灣是日本領土，讀的是日本的課本。

日本的課本，有很多民間故事，像〈桃太郎〉、〈浦島太郎〉、〈割舌麻雀〉，和〈除瘤爺爺〉。

除了課本，也有裝訂精美的繪本。

繪本故事很多和課本的相同。另外也有較長的歷史故事，像《四十七義士》、《源義經》。這些歷史故事標榜的是忠智勇，到現在還用各種不同的形式演出。

小時候，最喜歡看的是在《少年俱樂部》連載的《野良黑》（野狗小黑）和《冒險段吉》（少年冒險家段吉）。一個是小兵立大功，步步高升，一個是深入南洋的荒蠻之地，成為土人的領袖的故事。這是戰時日本社會的集體意識。

在課本的故事中，記憶最深刻的是海嘯的故事。日本處於地震帶，地震有時會帶來海嘯。

故事發生在海邊的村莊，村民正在舉行祭典。村長住在山腰，正在看村民熱鬧的活動，那時，他忽然看到海水急速後退，知道海嘯馬上就要來了，來不及下山通知村民，就放火燒自己的稻穀。村民上山救火，因此才逃過一次浩劫。

我國校畢業那年，日本正在打仗，主要敵人是美國。美軍正在大力反攻，從菲律賓攻上來，美軍飛機幾乎天天出現在台灣上空，五月三十一日，還有美機大舉空襲台北，炸到總督府（現在的總統府），起火燃燒，火焰把整個天空都染紅了。

在戰時，讀書少，還要撥出時間做工。主要是堆綠肥、種蓖麻、採草籽、割月桃。此外，還要到農家幫忙。因為年輕男性很多被徵召，不在家，我們主要是幫忙種田、割稻。有一次，颱風來了，做大水，我們還去幫忙農民洗稻穀，發現稻穀堆裡，藏了不少水蛇，有的已被水淹死。

一九四五年八月十五日，我中學一年級（後來改叫初中），日本戰敗。戰爭末期，美機來空襲，根本無法上學。到了戰後，日本課本廢除了，先由舊學堂的老師教「烏飛兔走」，再由大陸回來的，或大陸來的，大部分是臨時的老師，教「ㄅㄆㄇㄈ」。

戰爭末期，日本人禁止演台灣戲，到了戰後，各種戲團都出來了。演的戲碼，很多是《三國演義》和《西遊記》中的故事，另外有《征東》和《征西》。

那時，有同學在讀線裝書，就借來讀。連環漫畫也進來了，我也借了不少。初期讀《征東》、《征西》還有困難，連環漫畫可說幫了不少忙。因為社會背景和家庭環境，從國校後期到初中初期，老實說，我玩很多，書讀很少。

玩的方面，可說是五花八門。釣魚、摸蝦、網蝴蝶、搖金龜、撞竹蜈、釘干樂（陀螺），取朴仔管（一種空氣槍），滾玻璃珠、玩尪仔標。滾玻璃珠，輸掉了，零用錢也沒有了，就自己做代替品，把瓦片磨成輪狀，在斜立的磚塊上滾了起來。有時磨瓦片，太花時間，就撿龍眼子。有時還用橄欖子，橄欖子，形狀是兩頭尖，滾起來亂彈亂跳，完全不照規矩，小孩一邊玩，一邊哈哈大笑。

到了高二，我才真正開始讀書。教國文的周老師，兼導師，教我們如何讀書，讀什麼書。

在課本裡，也讀到一點文學作品。初中時，我唯一讀過的童話是林語堂先生主編，開明初中英語課本中的〈賣火柴的少女〉，到現在還記憶很深。

另外，也在國文課本中讀過像都德的〈最後一課〉和莫泊桑的〈二漁夫〉這一類的小說。

我寫小說，也寫童話。

有人說，寫作靠靈感，我卻比較重視水庫。靈感是從天上掉下來的，水庫卻要自己儲存。

小時候，因為時代和背景，較少有讀書的機會，卻從玩和工作得到不少經驗。經驗和讀書都是水庫的重要水源。生活的水庫是真切的，讀書的水庫卻是浩大的。

高中以後，我對讀書很有興趣，也讀了一些文學名著，這是滋養的來源，後來也成為我寫作的動力。讀書，尤其是讀一本好文學，會成為一個好的生活經驗。讀書和各種學習的經驗，像下棋，像彈琴，越早開始效果越好，越早開始，也越有機會碰到越多的好書。

鄭清文

於二〇一〇年三月

附記：水庫指桃園地區的大池塘——大埤。

目錄

1

一對斑鳩

1

吊橋就要看到了。

我沿著山邊再上了一段坡路，過了那山巒，就可以看到吊橋了。天氣很好，蔚藍的天空沒有一片白雲。汗水從前額流下，我掏出手帕擦了一下。山風吹過，覺得很是涼爽。再過五百公尺，就可以過那山巒了。過了那山巒就是下坡路。我已走了兩個小時的路，但一點也不覺得累，就只是一直流著汗，好像冬天被關在身體裏的都要爭著出來看看暖和的春天一般。

好久沒到鄉下來了，我很喜歡那裏。去年因爲準備考高中，就一直沒去過。阿舅曾寫信來，說表哥表弟他們都一直盼望著我去。

我終於走過了那山巒。從那裏望過去，眼前的一切都落在深邃的谷底。一條溪水像一條銀色的帶子靜靜地躺在腳底下，沐浴在春天的陽光裏，那麼安詳。在那條河上，懸掛著一條吊橋。我還記得，第一次過橋的時候非常害怕。但，現在它就在腳底下，從高處望過去，好像玩具似地。

我繞過山巒下去。左右兩邊是七八十度的山壁，右邊直指著天空，左邊一直通到谷底。兩邊都長著許多不知名的樹木和花草，已可以看到蝴蝶在那裏穿來穿去。

2

舅父和兩年以前比較，除了頭頂上少了幾根毛以外，並沒有什麼不同。他還是那麼健朗，那麼愉快，一見了我，就張開雙手把我抱了過去。

「哈，哈，哈，我的小妹妹，妳終於來了，妳媽媽很好吧！」

舅母在旁邊一直笑著。

「妳長得和妳媽媽一樣，面貌很像，脾氣也很像。從前，她也一樣，一高興就自己跑回來了。」

舅父很喜歡講媽媽的事。每次，不管我感不感興趣，總是一再地講著媽媽的事給我聽。雖然，有些他已講過好幾次了。但是，媽媽的事，我總是很喜歡聽的。

大表哥、二表哥都到山園工作去了。他們的年紀大我一點。三表哥還在縣城裏的農校讀書，他和我同是高一，但他比我早生幾個月。

第二天下午，他帶我到果子園。我邀四表弟一起去，他卻嘟著嘴跑開了。

我們在果子園鑽來鑽去。那裏有許多高大的龍眼樹、柚子樹，和一些橘子樹。各種樹木都在爭著吐嫩葉。

「橘子已摘過了，柚子正在開花，龍眼可還要等幾個月呢！」三表哥歉疚地說，好像這是他的錯。

「隔壁山，阿發伯他們種有許多番石榴，我們要一些回來？」

「不，不好意思。」

「山裏狸貓很多，阿爸總是不高興種。其實，牠們也吃不了很多，而且我們也可以用鐵鋏子抓牠們。」

他是一個標準的農夫，對果樹和肥料好像都有很豐富的知識。他說了很多，可惜我懂得很少。

3

我在廚房幫舅母燒晚飯。

「阿妗，媽媽說妳一定要找個時間到我們那裏呀。」

「我也很想去一次，只是一直忙著。而且，我們鄉下人，想著要到城裏，心裏就害怕起來。」

「沒關係，妳去了，我可以到車站接妳，星期天，我也可以帶妳出去玩。」

「阿姊，妳出來一下，我有一樣東西給妳看。」表弟外邊探頭說。

「做什麼，阿芳？」

「阿姊，妳出來一下。」

我出去了。

「妳看！」他手裏抱著七、八個番石榴。

「哪裏來的？」舅母也跟了出來。

「阿發伯那裏……」

「怎麼可以隨便拿人家的東西？你不怕鐵鋏子？」

「阿發伯裝鐵鋏子的時候，還帶我去了呢。他很喜歡我，如果我向他要，他也不會拒絕的。我只是不喜歡繞那麼大的圈子。」說著，把番石榴統統塞到我懷裏，然後挑了一個最大的塞到舅母手裏。

「阿母，這個給妳，不要告訴阿爸。」

「以後不要再隨便拿人家的東西！」舅母說著進去了。

「阿姊，晚上我帶妳去抓魚。」

「晚上？」

「嗯，晚上，提著電石燈，拿著魚叉子，去不去？」

「嗯。」

「我在那棵大龍眼樹下等妳，一定來呀！」說著就吹起口哨走開。

「那調皮鬼又對妳說了什麼？」

「他說晚上帶我去抓魚。」

「妳不要跟他去，他阿爸知道了又要怪我。」

表弟比我小兩三歲，但比我高了一點。

晚上，我依了舅母的話，沒有赴他的約。吃了晚飯之後，舅母陪著我坐在稻埕上閒談。我忽然抬頭一看，一鈎新月已移到西邊山上了。山谷裏的夜，好像來得比較快，山谷裏的月亮也好像來得比較清澄明亮。

「阿妗，妳看那月亮！」我指著月亮大聲喊著。

「嘿，妳不要用手指月亮！」

「爲什麼？」

「妳用手指它，它會割妳的耳朵，趕快拜一拜。」

「爲什麼？我們老師說月亮像我們住的地方，只是小一點，沒有水，也沒有空氣。它怎能割掉我的耳朵？」

「不是割掉，只割一點，很痛。到了學校，妳要聽老師的話，但到這裏來，妳就要聽我。趕快拜一拜！」

我真的合起手掌，望月亮拜了一下。

「妳真是個乖孩子，像妳這樣的孩子，我也願意花些錢給妳讀書的。」

「笛！笛！」

「那小鬼在催妳了。」舅母對我說。

「阿芳，你在幹什麼？晚上不要吹口哨！」舅父從屋子裏跑了出來，大聲喊著。

4

「阿姊，妳好壞，害我又挨罵。」

一早，阿芳就到我的床前向我抗議。

「真的，那對不起了，今天晚上去好嗎？」

「嗯，一定的呀，妳再不來，我要生氣了！」

山谷裏的晚上很美，但山谷裏的早晨更美。我站庭前眺望，中央山脈巍峨的連峰就呈現在眼前，淡淡地罩著雲霧。顏色最淡的是最遠的山，然後漸漸地加濃。帶子似的溪水從那山與山之間，蜿蜒流出。它的水是那麼地清澄。母親時常提起舅父帶她到那裏抓鱸鰻的事。

以前，我也曾經要舅父帶我去抓鱸鰻，他說我太小，後來又說這附近沒有什麼大魚了，因爲城裏的人用電去電牠們。如果要抓大一點的，要再進去一點，但現在他年紀大了，不敢去。表哥他們就不行了。

我不知道阿芳要帶我到哪裏。但，無論到哪裏都一定很有趣。我一定要跟他去。

「阿姊，我帶妳去看一樣東西。」吃了早飯，阿芳又來纏我了。

「看什麼？」

「看了妳就知道，來不來呢？」他神祕地笑著說。

我們一齊翻過屋後的山巒。

「阿姊，妳們那裏有沒有海？」

「海？什麼海？」

「妳們那裏靠不靠海邊？」

「噢，沒有，不過離海很近。」

「很近，真的？我很喜歡海。」

「你喜歡海？你到過海邊？」

「沒有，我連海都沒有見過。不過，我知道我一定會喜歡它。」

「爲什麼呢？」

「阿爸說，現在河裏的魚少了，有也只是小的，以後，可能連小的都會更少了，要抓魚就要到海裏了。」

「你要到海裏抓魚？」

「那也不一定，反正我會喜歡它。」

我們又翻過一座小山。那裏果子樹也少了。大部分是種著相思樹。相思樹開著黃色的小花。

「妳看看那樹上。」他指著一棵高大的相思樹說。

「哪裏呀？」

「就在那裏。」

我靠過去，順著他手指的方向望過去，在很高的地方，在枝椏間有個大鳥巢。

「什麼鳥的巢？」

「斑鳩。我上去掏幾個蛋給妳？」

「不，那麼高。」

「妳不要怕。阿爸還時常說妳膽子大呢。」說了，他就矯捷地爬上去。他一直往上爬，爬得那麼高。我看他在枝椏上盪著，心裏實在害怕。

「不要再上去了，我不要了。」我大聲地喊。

「沒有關係！」他也大聲地喊。

我並不是怕他失手，我害怕樹枝斷了。

「我要回去了，我要告訴阿舅去了！」

「不要走，我下來就是啦。」

「不要再那樣，不然就不跟你出來玩。」

5

晚上，我偷偷地和舅母說了，就到那棵大龍眼樹下會阿芳。他已在那裏等我。四周很靜，只可聽到溪水淙淙地流著。聲音是那麼清脆，那麼柔和。我們沿著山路走，不久也就走到溪邊。

阿芳把電石燈點亮了，並且把火焰調節一下。

他左手提著燈，右手握著一把比手掌更寬的魚叉。那把魚叉對他好像太大了。

他用燈照到水裏，水還是那麼清澄。但，燈光下所看的和在白天所看的大不相同。

「妳看，那邊有一條魚。」

「什麼地方？噢，我看到了，快點把牠叉住了。」

「不，那條魚太小了。」

我們沿著河邊走著。

不久，我對這種燈光也漸漸習慣了，也可以看得更清楚了。

「阿芳，你看那邊不是有一條大的？」

魚在燈光下，就好像給什麼強有力的東西鎮住一般，只是靜靜地停在水中，不會逃走。

「那還是太小了。」

「那並不小呀。」

「不，還有更大的，抓魚要有耐性。」

看來他並不像是個十三、四歲的小孩。

「你不來，我自己來，把叉子借我一下。」

「不行，妳拿不起它。」

說著，他就把叉子往水裏一叉，一條兩三寸大的魚就給叉住了，牠的尾巴還輕輕地擺動著。

「我說太小了，妳不相信。」

「我就沒抓過這麼大的魚呀！」

「噢，真的？」他好像有點同情我。

我們慢慢地走著，四隻眼睛一直注視著水中，他還是那麼沉著，而我看了那麼多悠游自在的魚，不禁神往。

「讓我來一下。」禁不起我的糾纏，他終於把魚叉交給我。我接過來，的確很重。

「那邊有一條。」他好像不再選擇大小了。

我用力猛戳了一下，以爲一定叉住了，但，等我抽出來一看，卻什麼也沒有。

「不是那樣抓。」

他拉了我的手，把姿勢矯正了一下。但我還是拿不好。

「我可不可以走到水裏去？」

「下去是可以的。但水一盪起來就看不清楚。」

「我下去看看。」說著我就下去，他提著燈跟我一起下水，我們站在水中，等水波慢慢平靜下來。但溪水是流著的，水影總是盪個不停。

「別動，那邊有一條很大的。」

我順著他的指尖望過去，果然看到一條五寸大小的大魚，那是比我們今天所叉到的都大得多。

「把叉子給我。」他說。

「不。」我必須把這一條叉住，經過幾次的失敗，我已漸漸知道握拿叉子的方法了。那條魚慢慢地游過來。

「等一下。」我拿起叉子的時候，阿芳喊住了我。「太遠。」那條魚果然向這邊慢慢地游了過來。

「把牠叉住。」他說。那時我的腳動了一下，那條魚好像受驚了，就想逃開。

「咦！」我用力戳了過去。

「哎唷……」

不好了，我叉到了阿芳的腳。他的身子向後踉蹌了幾步，差點把電石燈摔到水裏。

他連忙退到岸上，用燈一照，左腳的大拇趾給叉到了，血在流。

「對不起！」

「沒關係。」

我掏出手帕給他，創口大概有兩公分多寬，很深。

「妳不要跟阿母說，她聽了會難過。」

晚上，我整晚沒睡好。

6

次日，我心裏一直發悶。從早晨我就一直沒有看到阿芳。阿舅他們好像已曉得昨晚的事，只是不知道阿芳受了傷。他到底哪裏去了？我下午就要回家了。中午他也沒有回來吃飯。我一直在擔心，但阿舅他們都說不要緊。

舅母抓了一隻大閹雞給我拿回家，三表哥替我帶到坡頂。上了山坡，我叫三表哥回去。我停了一下，回頭望著那個山谷。山谷四面環繞著山，只有那條像帶子似的溪流，蜿轉向西流去，好像那是唯一的出口。這時，我一直想著阿芳，也一直爲他難過。他到底哪裏去了呢？當舅父、舅母和表哥他們送我出來的時候，我還在找他。他到底到哪裏去了呢？

我正望著谷底發呆的時候，看見從底下跑上了一個人來。

「喂！」那人在喊。

「喂！」我也喊了一聲。

那不正是阿芳嗎？我看他一下子沒入山後，一下子又鑽了出來。

「喂，阿姊！」他一直奔跑上來，我趕快跑下去迎他。

「你到哪裏去了？」

「我，我，我到後山……」他氣吁吁地說。

「到後山？幹麼？腳有沒有關係？」

他赤著腳，腳趾裹著手帕，濕濕的，好像又淌血了。

「沒有關係，妳看！」

他雙手各抓著一隻斑鳩。

「你又爬樹了。」

「不，白天就是爬上去也抓不到。我用網罩住牠們，好不容易等了一早晨，牠們真聰明，好像知道，但後來還是飛下來吃東西了。……」

斑鳩在他手裏掙扎著，頭不停地轉動著。

「這兩隻給妳。聽阿母說妳走了，我來不及找籠子。」

「謝謝。」我把東西放下，伸手接了一隻，把牠捧在手裏，牠在掙扎，牠的爪子抓了我，很痛。

「抓好！」他的話還沒說完，我的手一鬆，牠就掙脫了。牠先往上飛，然後低翔過來，望山谷飛過去。我有點悵惘，怔怔地望著那隻斑鳩。那時我只覺得阿芳把手一揚，把另外一隻也放了。我看牠鼓著翅膀向上衝，然後又向谷底那邊低翔過去。很明顯地，牠們是飛向同一個方向。開始，我給他的行動怔住了。但我轉過頭去，看見他正望著我在笑。

「要嘛，就一起來，留下一隻怪可憐的。」

我好像知道他的意思了，也不禁笑了起來。

兩個人都笑了。

「我送妳到車站？」

「嗯。」

「有一天，我會去找妳。那時妳一定要帶我去看看海，好嗎？」

「嗯，好的。一定的。」

他俯下身，把傷口紮好，又站了起來。

「我替妳拿東西。」

我們都笑了，一起爬上坡路，到了坡頂，我們回頭望望山谷，那兩隻斑鳩已看不見了。山風迎面吹過來，很是涼爽。

——一九六三年

選自麥田出版《鄭清文短篇小說全集卷一——水上組曲》

2

睇

我趕回故鄉舊鎮時，三叔尚未斷氣。依照本地的習俗，三叔已被移到廳邊。病人被移到廳邊，表示家人對他已絕望了。

三叔躺在用兩塊門板攏在一起上面鋪著草蓆的臨時床上，廳頭的神明公媽都用扁籮遮蓋著。

我走進大廳，那裏已圍了許多親人朋友和鄰居，正在等著三叔斷氣。據說，三叔在這一、兩天還一直昏睡不醒，到我回來前半個小時左右，才突然甦醒過來。也許，這就是迴光返照吧。

我擠開嘈雜的人群，探身看看三叔。

「哎唷——」三叔拉長了聲音叫著。鼎沸的人聲戛然停止，而後是一連串短促的喘息。

「阿元喔，快來，快來呀！」

「阿爸，怎樣啦？」登元堂弟蹲在床頭。

「豬，好多豬！好多，快來！」三叔不停地嚷著，他的嘴唇和臉頰不停戰慄和抽搐著。

「豬，在哪裏？」

「豬刀，快拿豬刀來。」旁邊有人喊著。

「快，快去拿豬刀來。」登元堂弟也跟著喊。

「豬，那麼多的豬，黑茸茸的頭，張著血紅的大嘴，又長又尖的牙，哎唷，快，救命喔！」

照理，三叔應該很衰弱才對，實在想不到他還有這麼大的力氣。他的聲音很尖銳，一連喊了幾聲，而後不停地喘氣。他的額頭，已滿濡著汗水，他的雙手一下子在空中拚命地撥著，一下子在脖上不停地抓，好像要解開纏住在脖子上的什麼東西。他的眼睛瞪得很大，他的嘴在喊人的時候，不停地抽動著。

有人拿了兩把屠刀來，遞給登元堂弟，堂弟把屠刀放在床前。

「阿爸，豬刀拿來了。」

「喔、喔、呼、呼……」三叔伸手過來。

「阿爸，豬刀，你的豬刀。」登元堂弟急忙拉了三叔的手去碰觸刀子。三叔好像沒聽到，瞪大的眼睛突然翻了白，嘴角輕冒著泡沫。

「阿爸，阿爸！」

「呼，呼，噓，噓。」三叔的呼吸好像有點困難，他的手在顫抖著。

「阿爸，這是你的豬刀。」登元堂弟說。

三叔突然又舉起手來，在空中亂劃起來。

「哎，唷——」又是一聲尖叫。

「阿爸，阿爸。」

「把豬刀給他看。」有人喊著。

「阿爸，這是你的豬刀呀。」登元堂弟把兩把屠刀拿到三叔眼前晃來晃去。

「豬，死豬。」三叔磨著牙齒說。

「阿爸。」

「把豬刀磨著。」有人說。

登元堂弟把兩把屠刀，一把長尖刀和一把寬刃刀，拿在三叔眼前用力磨著，磨得很響。

「豬，豬。」

「阿爸，這是你的豬刀。」

「刀？」三叔低喃著，翻著眼睛看了堂弟一眼，好像這才有點清醒過來。

「刀，刀。」三叔說，好像想伸手過來，堂弟把屠刀放到他的手裏。「幹，幹恁娘——」

三叔把伸出來的手一摔，就安靜下來了。

「阿爸，這是你的豬刀，阿爸！」堂弟的聲音也變成嗚咽了。

跟著三嬸和弟媳，堂姊她們，都一起圍了過來，有的在床頭，有的在腳邊嚎哭起來。

在父親三個兄弟當中，我自幼就最敬佩三叔，也和三叔最接近。他們當中，也只有三叔讀完小學，聽說在讀小學之前，三叔還讀過一段漢學，小時候就常常聽到三叔吟詩，總覺得他很有學問，簡直可以和以前鎮上那個秀才相比。

我敬佩三叔，倒不全是因爲他有學問。自小時候，三叔就常常用腳踏車載我出去。那時候，在鎮上有腳踏車的人還不多，讓會騎腳踏車的人，載著到處兜風，對我更是一件大事。

三叔載我出去的時候，也常常說一些故事給我聽。他最喜歡說鬼故事。他說他曾經見到鬼。他也曾經告訴我，做紅龜粿用的紅花米膏是用小孩子的血製成的。他說，有人把拐來的小孩買過去，用胡椒把小兒眼睛弄瞎，叫他爬上樹，那棵樹把小孩的血吸乾，就可以砍下來做紅花米膏。我很喜歡聽三叔說故事，看他有空就纏著要他說故事。但我聽了卻很害怕，晚上不敢獨自睡覺，甚至於白天也不敢跑到生疏的地方，怕被壞人拐去製造紅花米膏。

三叔有時也說一些他到鄉下去綑豬的事給我聽。他說他如何用一隻手把一頭三、五百斤的大豬一下子按倒在地上，用麻條把牠們綑縛起來。我曾經要求三叔帶我去看綑豬，但三叔一直沒有答應過。

這大概是時間的關係，因爲綑豬都在半夜裏，我總是沒有辦法熬到那個時候，另一方面，三叔也常常哄著我說有豬鬼出現。

三叔雖然常常說起綑豬，卻很少談到刺豬的事。有一次我問起他是不是自己殺豬，三叔卻對我笑了笑，不回答我。

我小時候很單純，人家不告訴我的事，也不懂得去追問，也不會像別的孩子，想辦法去了解。

屠宰場離我們家大概只有七、八分鐘的路程，站在大水河邊還可以看到那幢用紅磚蓋造的建築物。

我第一次到屠宰場看殺豬，大概是小學四年級還是五年級的時候。我聽到幾個年紀比較大的同伴約好去看殺豬，就一清早爬了起來，趕到他們約好的地點想跟他們去，他們都已走了。我走到屠宰場時，大家已趴在窗邊看著。我以爲已趕不上，結果出乎預料，工作正在進行著。

屠宰場是一幢寬敞的建築物，四周有寬大的空窗子，中間有兩個煙囱，圍著煙囱各有四口大鍋灶。我趕到屠宰場時，他們正在燒開水，地上綑著好幾頭大毛豬，有幾條已戳過了，頸部還有鮮紅的血淌出來。

他們把一條一條毛豬扛到長板凳上，拿著一把尖刀，從豬脖子對準著心臟的部位猛然戳入，轉動一下再把它拔了出來。刀一刺入，豬就開始曳長著聲音尖叫，被綑在一起的四腳拚命的踢動。然後尖刀漸漸沒入，牠們又長叫一聲，但那聲音很快的低微下來。當他們把尖刀拔出來時，鮮紅的血像湧泉般迸了出來，他們在地上放著一個木盆，讓血注入其中。

三叔並沒有自己動手，只在旁邊指揮。我有一點失望。後來，才知道三叔已好久沒有自己戳豬了。也許是年紀的關係，他的手會發抖。聽說有一次沒有刺好，被豬咬了一口，手指差點被咬斷。

他們把豬頭割下，剝下豬皮，再剖開腹部取出內臟。他們在割下內臟的時候，還先灌了一桶桶的清水進去，加點斤兩。那時候正是戰爭末年，戰局已對日本不利，物資非常缺乏，加點水進去讓消費者負擔也不是怪事。這個工作是由三叔做的。

三叔還有一種工作，就是把豬皮披在斜板上，用一種特製的長把鉋刀把油脂鉋了下來，剩下來的皮毛要送出去鞣皮。豬皮品質遠不如牛皮，但是在戰時，用豬皮做代用品，也是一種權宜之計吧。

在屠宰場上，我沒有看到三叔表演綑豬的本領，因爲每一條豬都綑得牢牢的，也沒有看到他親自操刀。當時，我的確有點失望。

這時候，因爲我年紀已大了，又因爲戰時物資缺乏，腳踏車的零件，如輪胎不容易入手，都使用硬實的橡膠圈代替，三叔也不再用腳踏車載我了。

也許因爲豬隻減少，三叔也比較空閒，就常常到河裏捕魚，扒蛤蜊。他那一把蛤蜊耙子還是親手製造的。

爲了蛤蜊，三叔時常到「四股尾」。四股尾對我是一個神祕而嚮往的地方，卻一直沒有得過大人允許。四股尾蛤蜊特別大，一個個黃橙橙，又乾淨又肥碩。四股尾是什麼地方，我到現在還沒有去過。也許就是大水河兩股支流匯合的地方。由於水路時常改變，河沙稀鬆，河裏岸上到處布著沙陷。三叔時常教我萬一踩了沙陷，要如何趕快躺下來。

那時候，到四股尾是一種夢想，但現在再遙望那一個方位，形勢已改變了，已可以看到有人蓋了一些兵營式的房子。

因爲四股尾的不可企及，那些又大又黃的蛤蜊，以及在河邊捕到的各種魚，如鯉魚、鰻、鯰、鯽魚、蝦，有時也有鱸魚，三叔已在我心目中塑成了一種偶像。也許因爲我自己的世界太狹窄，三叔總是我心目中唯一的英雄。

可是有一天，事情發生了。我突然聽到三叔被捕，被送進拘留所了。我實在不能相信那是事實。

三叔被捕，聽說和賣豬肉有關係。那時豬肉是配給品，要憑配給證購買。可能是日本人拿了配給證買不到豬肉，告到警察所。當時，在鎮上的日本人，除了學校的老師，便是警察和一些大小官吏。

他們以為三叔把配給品流到黑市，就大發雷霆，把三叔抓了起來。那時候，我很天真，我以為他把三叔拘留起來，就吃不到豬肉了，但是豬還是按時屠宰出來的。

那時候的警察權是屬於郡役所，郡役所後面武道場的旁邊便是拘留所。我們常常從拘留所旁邊經過，有時候也在那附近徘徊一下，看看有沒有警察在刑求。那時候，刑求大概都是用灌水。我沒有見過。但我的同伴說見過，我也不知道是不是事實。

我雖然沒有看過，卻也聽過幾次。

「大人，不敢了，我不敢了。」那聲音雖然很微弱，但是卻如縷不絕。那些聲音都變了，和他們平時的聲音完全不同。

我實在不能相信，那聲音當中，可能就有三叔的聲音。我不相信三叔會和那些宵小放在一起。在我的心目中，三叔是個大人物，誰會想到他也用那可憐的聲音求饒呢？但三嬸把他的髒衣服拿回來時，卻又不能不相信了。

那一次，我看他們戳豬時，也看到豬刀一刺進去，豬一邊大叫，一邊屎尿直淌下來。難道三叔也像被他們屠宰的豬一般嗎？當時我還不知道刑求和屎尿有什麼關聯，但聽他們說，一個人忍不住的時候，就會這樣子的。

當時，我還不明白，也常在心裏想著，他們向你灌水的時候，不喝下去不就行了。

小時候，因爲父母都不識字，而且平日忙碌，根本不懂，也沒有時間去管教孩子，另一方面又由於自小膽小，生活範圍也很狹窄，知識的發展很慢，所以我會有許多很幼稚而可笑的想法。

三叔被捕的事的確使我難過。像三叔那種人，無論怎樣也和拘留所連不起來的，更不可能會發出那種如哭如嗥的求饒聲，但這一些都確實和三叔連上關係了。

這件事要使我相信，確實需要一段時間。但是事實畢竟是事實。我漸漸感到悵惘。

這些感覺，開始並不明顯，也許是在一種沒有自覺的狀態中，經過一段時間漸漸醞釀而成的。

最開始，我們到屠宰場看殺豬的時候，看三叔沒有親自動手，只在旁邊指揮著下面的人行事，在我們小孩子的心目中，也不免感到意外。我們的看法，那個真正動手操刀的人，才是真正的英雄。

三叔被捕入獄時，我那種感情還沒有到成熟的階段。三叔出獄之後，身體大爲衰弱。他雖然還在壯年，但卻不像以前那樣健朗了。他最使我感到失望的，是他再也不能帶我到四股尾去捕魚抓蛤蜊了。在我可以接觸到的人，除了三叔，好像再也沒有一個人敢到那種地方去了。

戰爭結束時，三叔竟也教起漢文來了。那時候，我當然不懂什麼漢文，但卻也略微感覺到三叔並不如我想像中那麼有學問。

他會吟詩，但只限於一本千家詩，而且千家詩中，也只限於「雲淡風輕近午天」的幾首。他也教論語，但只是唸唸書歌而已。我曾經請教過他一、兩句，都不能獲得滿意的解答。

關於三叔的事，最使我感到吃驚的是，有一天，我居然發現比他還高了。我已記不得是什麼時候，只記得應該是我讀高中那幾年的事。我不敢相信，卻的確如此。

這一件事也不是我自己發現的。有一天，我已忘掉是誰了，有個人說我長得很快，已比三叔高了，我就站過去，果然超出他有半寸多。

我還記得三叔當時的表情，他瞇著眼笑著，卻可以從臉上看到滿臉的驚訝。

後來，使我更感到驚異的事是，有一次三叔居然叫我替他寫信了。

三叔叫我寫信時，我已比他高出許多。因爲這些事情，我已漸漸意識到，我的確有一些事情已比三叔高明，在我看來，三叔已不再是一位英雄了。

每當我想起三叔，心裏就常常有一種感覺。以前在我心目中的這一座高大的偶像，已在我面前倒塌下來，把滿身的破碎撒了一地。

這種感情也不是一下子形成起來的。由於幾次類似的經驗，在不知不覺中，慢慢形成，一旦我意識到的時候，它就轟然崩毀了。

當然，這種感情並不止是對三叔一個人。我們鎮上以前有個圖書館管理員在全鎮民的心目中是一位品德兼優的好學生，半工半讀讀完了夜間商校。後來才知道，他曾留級過。

那個學校我也讀過，而且更進了一大步。但在小時候，我何曾夢想到呢？

每當我想起這些人，也會有相似的感覺。我看到一個個巨靈般的存在在我面前倒了下來，心中不免要有許多感觸。

人需要不斷的成長，但是每一種成長，都不免伴隨著一些惆悵，好像在長距離的賽跑，當你把一個個競爭者拋到背後，包括一些你平日敬仰的選手，心裏自然會生出一種喜悅的感情，同時，只要你能有一種善意去想著他們，你的心裏也一定會有一種接近悲哀的感慨吧。

我對三叔尤其是這樣，因爲他一直伴隨著我長大，在我狹窄的精神領域中，一直給我加了一點一滴，在我每一種年齡，始終是我的尺度。

成長是必然的事，但成長的過程中，要附隨著這一種悲哀也是必然的嗎？

我離開舊鎮以後，還常常想念到舊鎮的種種，尤其是那一段無憂無慮的童年。當我想到那一段時期，就自然想到了三叔。

三叔現在已走完了他的路，包括最後也最艱難的這一段。他靜靜的躺著，顯得那麼矮小，那麼蒼老。除了臉上，在他的身上，已看不出剛才嚎叫的痕跡。

我想起以前他講給我聽的故事，尤其是那些鬼故事。每當我聆聽著那些故事的時候，總會覺得目前這一個自稱見過鬼的長輩正是我最心儀的人。

現在我再提起這一件事，也不是想證實什麼，也不想否定什麼。

我已記不清楚在哪裏聽到，也許就是三叔自己告訴我的吧，說屠夫臨終時往往要碰到以前被他殺過的豬成群來索命。

我不知道這是不是事實。堂弟似乎也不知道。但是顯然有人知道，剛才不是有人喊著快拿屠刀嗎？

我看著三叔，我一點也沒有看不起他。我不願意，也不忍這樣。自從他那次入獄以後，他的身體就一直不很健康，精神也不能振作起來。我並不想在這裏解釋什麼。

我不否認對三叔抱有特殊的感情。在我成長的過程，他給我許多喜悅，同時也給我一些苦澀的經驗。他看著我成長，我卻看著他衰萎。

我很相信了解三叔，有時候還自信自己知道他要比他自己知道得多。我很少有這種自信。但自我離開了故鄉，由於時間和距離的關係，我對三叔的影像也越清楚，也更懷念三叔，而這種懷念，總帶著些敬仰和憐憫。

三叔很平凡，正如我所知道。實際上我看到了他臨終的一幕時，心裏的感受，已遠超過了從前碰到偶像倒塌時的那種經驗了。

對許多人，最後一段路往往是崎嶇難走的。有些人是因爲有什麼心願未酬，有些人是因爲肉體上的痛苦無法忍受。從外表上看，三叔好像比這兩種都不如吧。

也許會有許多人這樣想吧。說不定我也會這樣。如果我沒有趕上三叔的臨終。

不知是幸還是不幸，我趕上了三叔的臨終。如果我沒有趕上這最後的片刻，也一定會有人把三叔臨終的情景告訴我。那個時候，我也許會像以前一樣，感到偶像的崩塌，而且在痛苦之際，還會多少帶一點輕蔑吧。

但當我看到了三叔的臨終，我再也不會有這種感情了。這種感情已是很久以前的了。我今天看到的，完全是一個有血有肉有骨頭的人，他就要離開我們。

我睇視著三叔，突然生出一種感觸，也許死並沒有什麼好壞的差別。不管是哪一種死，甚至於受刑的囚犯，都應該是一樣的莊嚴吧。

三嬸，堂姊，堂弟他們仍抱著三叔的身體慟哭著。我挨近他們，伸手過去替三叔摸闔眼睛，好像這是他們要留給我做的事。我很驚訝，我的心境竟那麼平靜。

——一九七一年

選自麥田出版《鄭清文短篇小說全集卷二——合歡》

3

下水湯

昨天聯考完畢之後，紀友德曾經和金克昌他們幾個人約好今天七點半在火車站集合，一起去郊遊。本來大家說九點鐘比較好，怕考試剛完，大家都還疲倦，但其中有一個人突然提議早一點去，要考驗一下自己。大家都贊成這個意見。

但他今天起來一看時鐘，已是九點多了。昨天回家以後，他就一直沒有再想到郊遊的事。

他把報紙放在飯桌上，先把第一版的大標題依序掃過一眼，再翻到第二版的社論。幾年來，他已養成了這種習慣。高一時，數學老師就曾經說過，一個人每天花在報紙上的時間如超過五分鐘，那他一生的成就也就可以看出來了。他說數學是最省錢最奧妙的學問，一支鉛筆一張紙，就可以窺見宇宙的奧祕。數學老師的話雖然不免有點誇大，紀友德卻能一直把它奉爲準則，堅守不移，不但能夠懂得其中奧妙，也獲得不少實益。

所以，他每天必須在早餐之前把報紙看完，最多留下社論，以便在晚間回家之後閱讀。讀社論是完全聽從國文老師的建議。他說社論是報紙的精華，不但文章好，又能針對時代的主題，對作文有很大的幫助。

他照例把社論的題目看一下，也讀了一段。不知爲什麼，他一點也讀不下去。忽然間他好像有一種感覺，社論雖然是一份報紙的精華，卻又那麼呆板，一點也沒有生趣。也許他讀社論已讀太多了。

他順手翻到第三版。他已好久沒有讀過這一段了。最上面的一欄有聯考的消息，那上面提到應考的人數，預定放榜的日期，也提到教育當局對這一次聯考順利完成表示滿意。

他把報紙擱下，望著飯桌上，又把自己所得的分數盤算一次。他看到有一隻螞蟻在桌上迂迴爬行。他眼睛楞楞的望著，發現那螞蟻忽然從桌上銷匿。他怔了一下，定睛再看，螞蟻依然在桌上。他輕輕的揉一揉眼睛，螞蟻在平滑的桌面上一衝一頓忽直忽曲。這是什麼現象呢？他不禁在心裏自問。他伸手，用指頭跟著螞蟻，有幾次想捺下去。最後，他吹了一口氣把牠吹掉。

他把報紙往下看，「甘蔗園發現裸屍，女學生慘遭姦殺」幾個大字突然映入他的眼睛。他眼睛凝視著這幾個大字，忽然間紙面上又變成一片模糊。他又怔了一下。

在南部某地，有一個叫游素貞的女學生全身赤裸陳屍在甘蔗園內，據初步判斷，是先遭凌辱後，再被扼殺，並在附近發現死者遺物，包括學生制服和乳罩三角褲之類。報上有現場的照片和死者生前半身照，也是穿著制服。

女學生、裸屍、乳罩、三角褲，幾個字在他腦裏閃忽。這幾個似乎很陌生的字，突然膠黏在他的腦子裏。

很久以前，好像在初中的時候，父親看他整天拿著報紙從第一個字看到最後一個字，怕耽誤了他的學業，就把報紙辭掉。以後家庭雖然恢復訂報，他也不再接觸這第三版了。

他把視線轉移到下面，是一些車禍、挪用公款、倒會一類的消息。他又回到裸屍案上面。

從照片上看，那女學生還長得很清秀。他忽然又想到這個女孩子裸體躺在甘蔗園。他沒有看過甘蔗園。無疑的那是在太陽光底下。他心裏好像有什麼東西在蠕動著。

他在上下學的時候，也會在公共汽車上碰到女學生，他就從來沒有想像到那些女學生會穿著奶罩。他還以爲只有歌星和舞女才穿奶罩。更不會想像到她們赤裸著的情形。

他反復讀著和裸屍案有關的各種記載。他以前也讀過社會新聞。那時候他還小，也不懂得什麼。現在，他是不是多懂了一些？他忽然發現自己不懂的事實在太多了。

女孩子穿著奶罩、倒會、車禍、貪污，似乎和他發生不了關係，但在這短短的一天之內，在這小小的一個版面，他卻發現了那麼多的事。而這一些事好像遠遠的圍繞著他，而他卻一直沒有感覺。

本來，他可以不必知道這些事情。他不知道就吃了虧？他知道了，又有什麼好處呢？這些事又和他有什麼關係？

那女學生，那些車禍，那些公務員，那些倒會的人，也許真的和他沒有什麼關係。但他們卻忽然出現在他的眼前了。也許，還有更多的事，也許沒有那麼重要的，至少沒有在報紙上登出來的。也許，還有一些事情，和他或他的家庭有一點關係的。

但不管什麼事，對他而言，一切都是那麼平靜，尤其在這幾年裏，好像什麼事情也沒有發生過。他只知道讀書，只知道成績，只知道等待在上面的學校的名字。他只知道如何考得更好，以便考取理想的學校。不但他這樣，他的父母親也這樣，也許比他自己更加關切。

但現在，好像一切都停止了。在昨天，他考完了最後一課，寫完了最後一個字，好像這世界突然轉變了，變得和往日迥然不同了。他把分數計算一下，似乎比去年這一組的狀元還要高一些。也許今年的題目容易些，但要考取第一志願，似乎也不成問題的。

他的心情非常平靜。回憶過去幾年來在學業上的競爭，慘烈的戰鬥，他實在不能了解這一個片刻，竟是這麼寧靜。這實在太出乎預料，他心裏有一種類似悵然的感覺。

目前，留下來的，只有等待。但他似乎更適合於戰鬥，而不是等待。在過去，他有一個目標，他只有一條直線連結在這個目標上，而把一切的力量都集中在這一條線上，一條很順利，沒有曲折的直線上。

但除了這一條又細又瘦的直線上，真的沒有什麼嗎？他甚至於不知道女學生也戴奶罩。他姊姊在學校裏也用奶罩？雖然和姊姊同在一個屋頂下生活了一、二十年，卻完全沒有印象。

他覺得時間好像在跳躍，從他的童年一下子跳到目前這個樣子。他不敢說這是不是成熟的樣子。他只感到這其中似乎有一段很長的空白。他知道如果換了一個樣子，他在學業上一定不會有今天的成就。其實在昨天以前，他還沒有十分的把握。但現在就不然了。在幾萬個應考的學生裏，有幾個人在這一個時候，會這樣想？敢這樣想？他知道連金克昌都不敢這樣想。昨天，聽他的口氣就知道了。

他知道自己應該滿足。但他仍不禁要想到，除了能考取理想的科系之外，他又有什麼呢？他不明白，爲什麼把聯考和姦殺案放在一起呢？它們又有什麼關聯呢？

但至少，這一些是現實，也是真實。比他能夠想像到的更真實。這一些年來，他卻可以無視於這一些真實。

他知道這一個世界還有許許多多和他隔有很大的距離。他雖然拿著報紙，卻仍然有一種被世界所遺棄的感覺，他從世界得到了一份，但所失去的似乎還不止這一些。

素真端來了一個盤子，上面放著一杯牛奶、一份土司和一個煎蛋。不知多少年了，幾乎每天都是一樣的一份早餐。這對預備早餐的人和吃早餐的人都一樣的方便。也許太方便了一些，他好像不能肯定地說出這一些日子來，他究竟是否吃過早餐。

他把報紙挪開，讓素真把盤子放在桌上，他忽然看到了素真的雙手。但她把盤子一放，就走開了。

不知多少日子，素真把同樣的食物放在桌上，他卻一次也沒有看到她的手似的。好像他也沒有看到那些碗碟，甚至於那些食物。

這一次，他也沒有看清楚她的手，但他已完全意識到了，好像現在她的雙手還好好的端著盤子。他好像要把這些日子來的端著盤子的雙手加在一起加深它的顏色。但他卻仍無法看清楚，依然無法把握。

他伸手去拿牛奶，也想像到素真把牛奶放在盤子上的雙手。他縮了一下手。他從來沒有看過她如何端著牛奶，但卻那麼強烈的意識著。他把手擱在杯上，好像覺得那是素真的手，並不是自己的。

難道看著素真的手，也會影響他的學業？

他看著盤上放著土司和煎蛋的小盤子，盤面很乾淨。自小，母親就教他不能用手指去碰食器的表面，她也一定這樣子教過素真的吧。他想像到她如何用手捧著盤子，避免手指沾到盤面。也許現在一切都變成了習慣，他已好久沒有聽到母親在這上面的關注了。

他用手指輕輕的碰碰盤緣，那該是素真碰過的地方吧，他好像可以觸到她的手指。她的手指很長？很白？但他看到的依然是自己的手指。

「素真。」他喃喃的說。

他一說出口，才意識到了，立即噤住了，他感到有點耳熟。周圍的一切，好像突然靜了下來。他可以聽到一切外來的聲音。有人騎著腳踏車從樓下巷路上經過。不知道素真有沒有聽到他的聲音。他不知道他爲什麼喊了她一聲，如果她聽到了，他又應該怎麼向她解釋？

「素真。」他覺得很熟悉。他趕快把報紙又讀一次。死者的名字是游素貞，而她叫素真。她們的名字那麼像，發音相同，就是字形也那麼像。說不定她也叫素貞，也許是他的記憶不正確。他甚至於到這時候，還不知道她姓什麼。

「素貞，素貞。」他輕輕的讀著。

她不會聽到的吧。一個年輕的女學生，無緣無故被人殺害了。而她的名字和她的名字又那麼像。

「素真，素貞。」不管名字有多像，她們還是兩個人吧。至少他到現在還不知道她姓什麼。

「素真。」被殺死的，不是這一個的吧。他好像可以聽到從她房間那邊傳來微弱的聲音。他悸了一下。

「素真。」他提高了聲音。他的聲音在屋子裏漾了一下，不知消失到什麼地方，突然又安靜下來，而那微弱的聲音好像又在繼續著，只是他聽不出是什麼聲音。他的心越跳越急速。

「素真！」他再提高了聲音。

「來了。」素真從她房間半跑了出來。他看著素真，怔怔的望著。

「什麼事。」

「……」

「你還沒吃？」

「沒有。」

「你怎麼了？」

「我，我想吃點別的東西。」

「什麼東西？」

「有什麼東西？」

「菜還沒有送來，不過冰箱裏好像還有一副下水。」

「那就算了。」

「你不喜歡下水？」

「也好，就煮碗下水湯吧。」

「好。」素真說，正要轉身。

「等一下。」

「呃？」

「剛才我好像聽到什麼聲音。」

「是我在唸英文。」

「唸英文？」

「我聽收音機唸英文，我已和太太說過，有沒有吵你？」

「不會，不會。妳唸什麼書？」

「隨便唸唸。」

「我可以看看？」

「不要，不要，不要笑人家。」

「怎麼會笑妳？」

「我去拿那收音機。」

「不，我去。」

「不好。」

「有什麼不好。」

素真走在前面，紀友德在後面跟著。她的個子不很高，看來卻很結實。他從來沒有這樣看過她。

她的房間很小，以前他們家沒有請傭人的時候，是用做儲藏室。自從素真來了以後，他就沒有再進去過。房間裏，只有一張單人床，床邊有個小桌子，床端有個行李箱。桌上放著一、兩本書和筆記簿，一個電晶體收音機。素真把收音機轉開。

他看著她的手，她的手臂露出在短袖外，皮膚白白皙皙。她的手指也很白，短而柔軟。他剛才所想像的，現在已完全消褪了。

紀友德提起桌上的課本，把書名看了一下，是英語會話。他一邊也聽著收音機，內容似乎不難，因爲連音和口語的關係吧，他好像跟不上去。他把課文翻來看，裏面還寫了不少字，也打了不少記號，可以看到她用功的情形。想來，今天是打擾她了。

「我去煮下水湯。」

記得剛入高中不久，級任導師曾經告訴過全班同學，說今後三年，每一個同學都要抱定一種決心，讀書不但是一種競爭，也是一種戰鬥，而戰鬥的對象不是一班的人，也不是一個學校的人，是包括全部可能參加聯考的人，你們每一個人的敵手，都是三萬人，五萬人。那時候，他曾下過決心，要把他們一個個打敗。他看到同學們一個個退了下去，也看到他們在後面緊追不捨。在這三年間，如果有一個人他沒有完全擊敗過的，是金克昌。其實自己這一次聯考有那樣的成績，完全是因爲有金克昌這個對手。他到目前爲止，還不知道是否已經擊敗了金克昌。昨天，金克昌曾對他表示考得不夠理想，但他也不一定能相信。也許對方故意把自己的成績說得低一點，這也是一種競爭的方法吧。

除了金克昌，他實在也想不起別人了。萬萬想不到現在卻出現了一個素真，而且來自一個完全不同的方位，以完全不同的方式超過他。

他已記不起素真什麼時候來到他們家裏。她在他的記憶裏一直沒有地位，但現在她卻一下子站在他的面前，好像是一個巨人。在學校裏，除了幾個很特別的學生，他的英文也是最好的，怎麼會想到一下子什麼都聽不懂呢？在學校裏，他一向都看不起說和聽的英語，只有讀和寫才是做學問的基礎。但這樣解釋也不能使他釋懷。而且他的姊姊剛到美國的時候，就常常寫信回來，抱怨出國前沒有好好的練習聽和講。

他不相信，也更不願意相信素真在這一方面已超過他。他的問題似乎不在她是否已超過他。他好像有個記憶，一個打遍拳壇無敵手的拳王，有一天卻被一個小流氓刺了一刀，無聲無息的死了。

難道素真就是那個小流氓？他不能這樣想，又不能不這樣想。他自己也很驚訝，他打敗過千軍萬馬，卻不包括一個素真。他的心地真是這樣狹窄？或者他已被一連串的勝利搞昏了頭，不能容納別人的一點小成就？

「下水湯好了。」

「好，拿到這裏來。」

「這裏？房間裏？」

「嗯……」

素真一走開，他才覺得有點不對，也就跟著出來，素真拿了碗正回過頭來，兩個人差一點碰到。

「唷。」素真輕叫了一聲。

他看到素真手裏端著一碗下水湯不停擺盪著，湯從她的手裏灑落在地板上。

「怎麼了？」

「沒有關係。」湯還從指縫裏滴著。

「快放下來。有沒有燙到？」

「沒有，沒有關係。」

素真把它放回桌上，到廚房取了一條抹布，在碗底和桌上抹過，然後蹲下去，把灑在地板上的湯水抹拭掉。她的手依然很白，頭髮整個灑落在額前，把臉遮住了大半。她用左手托著上身的重量，微側著身子，循著滴到湯的地方抹來抹去，然後換了一條乾的抹布，又把抹過的地方再抹了一下。這一次，她跪著雙膝，用雙手抹著。她的動作迅速而確實。

他一直看著她，看著她的頭髮，她的臉，她的肩膀，她的雙手，她的腰身和腿。她的小腿很白，大腿更白。她跪著的時候，雙手一伸直，臀部就微微聳起，在薄布衣裙下，繃緊了渾圓的輪廓，隨著她的動作，有韻律的扭動著。

「有沒有燙到？」

「沒有關係。」

「我看看。」

「真的，沒有關係。」

「我看看。」

「我把手洗一下。」

她的手掌和手背都燙紅了。

「我替妳抹點藥。」

「我自己來，你趁熱把它吃了。」

「我來。」他取出了藥膏。

「真不好意思。」她笑了笑說。

他替她抹藥，她的手好像承不住力量，一直向下沉。他忽然伸出左手拉住她的手腕。她的手腕柔柔的。他輕輕的捏著。他從來沒有想像過捏著女人的手有這樣舒適的感覺。素真把手縮了一下。

「另一隻手。」

「沒有，沒有燙著。」
「我看看。」
素真把左手也伸了出來。
「下水湯快冷了。」
「夏天沒有關係。」
「會不會太鹹？」
「妳的手很美。」
「不要笑話。我們這種人的手，會美到哪裏？」
「真的。」
「我把藥收起來。」
「妳到我家來多久了？」
「快三年了。」
「我到現在還不知道妳姓什麼？」
「我姓尤。」
「游？」
「尤，尤其是的尤。」

「不是游泳的游？」

「不，怎麼了？」

「妳看看。」他把報紙遞給她。

「好可怕。」她把報紙遞還給他。

「她的名字跟妳的很像。」

「真可憐。」她眨了眨眼睛，眼眶已紅了起來。

他沒有看過她這樣眨眼睛。三年前，她剛來的時候，他只知道家裏換了一個傭人，一點也沒有注意到她有什麼特別。她的臉龐寬寬的，臉頰也很豐腴，一直沒有注意到她的眼睛很大。她的眼睛忽然和他的視線相對，他感到一種逼人的光線。

「妳的英語很好。」他的視線從她的臉移到她的胸口。她穿著短袖的薄襯衫，她的胸口也很白。

「我只是抽空學一點，我有興趣。」

「我剛才聽了一下，聽不大懂。」

「我也是一樣。」

「妳很用功。」

「我只是有興趣。你考試的成績很好吧。」她略微低著頭，微微露出牙齒。

「妳的牙齒很美。」

「真的？」

「我可以看看？」

她只是笑了笑，看來不像故意，露出整齊白淨的牙齒。這三年來，他好像一直沒有注意到她的牙齒那麼美。

「妳說妳讀了初中，為什麼沒有繼續讀下去？」

「我，我讀不好。」

「我不相信。」

「家境也不怎麼好。」

「我很喜歡聽妳說話。」

「說什麼話？」

「隨便，說說妳家裏的事。」

「家裏的事？」

「妳，妳有沒有男朋友？」

「沒有呀。」

他感到耳朵有點發熱。他望著她，她也望著他，她的眼睛深邃而光亮。他看著她的手，她不停地捏著拳頭。

「想出去看看菜。」

「妳不是說他們會送來？」

「他們會送來，不過不知道什麼時候，我還是出去看一下。」

素真出去之後，他忽然感到好像失去了什麼。一種很難受的感情襲擊著他，這就叫做空虛吧。這是他以前完全沒有經驗過的。他想拿一本書出來看看。以前，他在車內，在大廳，不管在什麼地方，不管有什麼人，他可以利用任何的時間讀書。但現在，他完全不能集中。也許，他已不必再讀書，而且那些書也不知已讀過多少次了。如果要看書，也應該看一點別的，只是一下子也不知道應該看些什麼。也許父親的書房裏有什麼他可以看的書。但素真突然離開他的感覺，還一直縈繞著他。

他喜歡看素真，喜歡聽她說話，也喜歡捏她的手。他感覺她是故意出去的。他講不出真確的理由，但他知道自己的感覺卻是很真確的。

三年來，他沒有注意到她的存在。他沒有注意到的事還很多。如大廳上的大吊燈，好像隨時要炸下來。陽台的花草，是母親一心一意培植的，父親的書櫃裏不知增加了多少書。以前父親就不准他去碰那些書。

他又想到了甘蔗園的裸屍。他從來就沒有看過女人的裸體。他曾經看過畫在學校的廁所裏的一些裸體，但他依然沒有完整的印象。

他又想起了素真。素真的手指短短的，這是他今天才發現。她的手掌也不大，但卻厚而有肉，她的手腕圓圓的，柔而軟，他也看到了她手臂上的細毛，好像也是第一次發現。她穿的裙子很短，她擦地板的時候，幾乎可以看到她的臀部，只是他所站的方向不對。

他不是沒有和女人接觸過。他有母親，有姊姊，幾年來在學校裏也見過不少女老師，而且也看過一些頑皮的同學把女老師鬧哭了，卻從來沒有這麼接近過女人。

他還知道，在同學裏面，也有人已有了女朋友。他們的成績雖然不如他。卻也不是差很多，至少也可以考到一個學校吧。他不禁想到，到底是他對，還是他的同學對呢。

素真很美嗎？至少，在今天，他並不覺得她不美。她的臉並沒有什麼特別，但她的眼睛和牙齒卻很美。還有她的手和她的腿。還有那藏在衣服裏面看不到的。

他又想起了報紙上所登的全裸女屍。她的名字和素真的那麼像。他想壓抑自己不去想她。

也許他應該寫封信給在美國的姊姊。昨天，母親曾經告訴過他，也算是回信，也可以告訴她參加聯考的情形。但他什麼都不想做。很多事情，他以前會很想做，也會做的，到今天卻什麼也不想做。他忽然感覺到，以前是一部機器，很優良的機器。說得更正確，是一個很會操作機器的優良技士。

父親和母親都不會這樣想的吧。老師們和親朋們也不會這樣想的吧。但他們的確已把他造成了一個優良的機器操作人，都認爲他是一個優秀的人才。他們好像有系統的，有組織的把他造成一種優良的機器。他們認爲在這個階段，這樣是最好的結果。這是三年的成績。也許更久，應該是六年，是十二年。他記得自小時候，爲了考試，父母就可以叫他放棄一切。這就是他，這就是一個最優秀的人，就是一個優秀的人的定義。他沒有選擇的餘地，而且他也一直以爲應該如此。這就是生活，也是唯一的生活。他不知道如果自己有一個選擇的機會，在這十幾年之間，只要有一個機會，他的生活會不會有點改變。也許，這是一條最直截的路，最正確的路，但他也許應該希望有一條自己所選擇的路，雖然難免有一點迂迴。這也許難免要犯一些錯誤，但總有一點自己的意志因素。

也許他所走過的這一條路，正是許多人所羡慕的。父母親爲他高興，爲他感到驕傲，而他也似乎可以感到擺在眼前有一個光明的遠景。他不能因爲自己已經得到，才說這不重要，甚而說這苦心是枉費。

一個女學生被姦殺，對他並不重要，不知道一個女學生是否穿奶罩也不是什麼重要的事。他在一天的報紙就看了那麼多，可見這是常有的事，也可見不值得他驚駭。他今天知道和昨天知道是一樣，和三年前五年前知道也是一樣。他知道一件和知道一百件也是一樣。

他覺得最重要的是坐下來休息，或者躺下來休息，更可以邀一個朋友到什麼地方走走。其實，他應該跟金克昌他們去郊遊。也許他一直沒有把這當著一件重要的事，才沒有趕上他們。如果他能跟他們出去，也許可以暫時從幾年來的重壓解脫出來，然後重新開始。他應該有更遠大、更長久的目標。雖然他還不知道那目標是什麼，但至少不是目前這種拿著書本拚命啃的情況。

不管什麼方法，他可以過一個，或幾個空閒的、沒有重量的日子。

他覺得素真也沒有什麼。素真也好，素貞也好，姓尤也好，姓游也好，都沒有什麼。

他又想起了素真。她爲什麼要躲開他？他忽然間想把她排開，但是，她又立即緊迫過來。

火車在軌道上走是正常。他不去想素真也是正常的，因爲她的確沒有讓他想的理由。他強迫著自己這樣想。

他可以利用這段時間學習英語會話，這是必須的。而且他相信他可以勝過她。

除了這，又有什麼值得他去想的？也許她會擦地板，她會洗衣服，她會煮下水湯，但這一些似乎連想都不值得去想的。

他望著那一碗下水湯，一下子又看到了素真的手。熱湯從她的手上流下，她連叫都不叫。也許，她叫過。但那似乎是怕碰到他，而非爲了燙手。她會是這樣嗎？

姑且不說他是否做得到，他實在無法想像到。他無法忘掉湯從她的手指縫流下去的情形。也無法忘掉她跪在地上抹擦的情形，他更不能忘掉替她抹藥時捏著她的手腕的情形。

他覺得捏著她的手，心裏感到有點焦慮，卻也很舒適。但這一次不算。他曾經用塗藥做藉口。他沒有野心，也不打算傷害人。像報紙上發生的事，他認爲只是瘋子的行徑。

但素真會願意的嗎？如果她願意，她剛才爲什麼急於找著一個藉口出去？也許她無法了解他的想法。

他看著下水湯，看樣子已冷了。他並不真正想吃下水湯。他只是想吃一點不同的東西倒是真的。只要是不同的東西，不管是不是下水湯。但下水湯也不錯。素真走開，是爲了怕礙在面前使他吃不下去嗎？

他用湯匙舀了兩口，很合他的口味。

「鈴、鈴、鈴。」是電鈴的聲音。

是素真回來了吧。他把電鎖的電鈕按了一下，回到桌上又舀了兩三湯匙下水湯。素真煮東西，連味道也和母親煮的東西差不多。他又喝了兩口。爬樓梯也要一點時間的吧。

「篤、篤、篤。」敲了三下門。

素真平常出去，也應該帶鑰匙的吧。他等了一下，沒有什麼動靜。他出去把門打開，門外沒有人，只有一簍菜放在門邊。是菜販送來的吧。是母親在上班的時候先把菜買好叫菜販送了過來的吧。剛才素真也說過。

他把菜提了進來。這似乎也和往日不同。他每日早出晚歸，就是星期天也是要趕補習班。他的成績總是在全年級的最前面，但他還是要求萬無一失。如果有小小的過失，不但不能考到理想的科系，就是要考上好一點的學校也會有問題的。現在，這一些擔心都算過去了。能提一提菜也算是不同的。

他把菜放到廚房，抬頭一看，廚房外的陽台上，曬著一竿一竿的衣服，透過紗窗還可以看到女人的襯裙、內褲和奶罩。他打開廚房門到了陽台，他感到心在跳，耳朵在發燒。他不是從沒有看過這些東西，只是好久沒有看過。他又想到那個被殺害的女學生。在南部也應該算是鄉下，居然一個女學生也戴著那東西。自然素真也戴著的了。

他不能再想下去。他必須到什麼地方去玩幾天。金克昌他們邀過他，但他一直不重視這個邀請，所以今天才起不來。不然，這個時候，已經在大太陽底下的吧。

如果邀他的不是金克昌，而是別人，他也許會去。他總是覺得自己和金克昌之間，存著一種類似芥蒂的東西。這也是起於學習競爭的結果吧。

在學校裏三年六個學期，都是金克昌拿了第一名。他和金克昌總是差了那麼一點零點幾，但就是沒有辦法贏過他。這一次，金克昌自己說考壞了，他並不相信。也許這是一種煙幕。也許這是金克昌的脾氣，他並不大會誇大自己。但在紀友德看來，總覺得有什麼虛假的成分。

其實，他還是覺得金克昌不錯。如果是爲了分數，把人的感情也隔遠，不是很不值得的嗎？他很懊悔沒有接受金克昌的邀請。現在考試已完，這也算是一種和解。說不定在陽光下，他會發現到一些令人驚奇的事。

「鈴、鈴、鈴。」

會是誰的電話？他過來把手放在聽話筒，又突然把手抽了回來。會是素真？怎麼第一個就想到素真？會是母親？會是父親？父親是最懶得打電話的人。難道也會是金克昌？也許他也沒有趕上吧。也許是素真打電話給母親。她會告訴她什麼？其實他心裏所想的，比實際上做出來的還多，就是素真會告訴她些什麼，也不會什麼要緊的吧。

「鈴、鈴、鈴。」

電話還是繼續響著。他又伸手。會是誰？不管是誰，今天不是接電話的日子。如果是素真，她也會回來。也許是另外一個同學，但不會是金克昌吧。如果是母親，看沒有人接電話，會不會趕回來？好吧，要回來就回來吧。

「鈴、鈴、鈴。」

也許真的是素真。也許她有什麼不好在面前說的話要用電話告訴他。這也有可能的吧。就是這樣子，他也不接。有話還是當面說吧。

電話的響聲突然停住，但過了幾秒鐘又突然響起，響得更固執。也許對方以爲撥錯了號碼。如果是這樣，對方一定知道家裏有人，至少也期待著有人。

「鈴、鈴、鈴。」

電話又響了幾下，又突然停住了。但好像還在他身邊不停的響著。他應該打一個電話給金克昌，不知道他有沒有趕上。

「篤、篤、篤。」

又是敲門的聲音。他走到門口，開門一看，是素真。那剛才的電話顯然不是她。他怎麼會想到是她呢？

「菜來了？」她笑著說。

他沒有立即回答。在這片刻，他沒有想到是她。也許他一直意識著電話。他感到有點意外。

「他們說已送來了。」

看樣子，她是到過市場。她的臉上一直帶著微笑，露出那兩排整齊潔白的牙齒。他從她的下巴看到衣領，她的皮膚很白皙。他一直擋在門口，忘記讓她進來。

「菜在廚房裏。」他好像突然間想了起來。

「你不想出去走走？」

「不。」

「你還要讀點書？」

「不。」

她怎麼只會想到這上面來？他心裏感到有點奇怪。他當然還要讀書。他要繼續讀下去。但不是今天。在過去的日子，他讀書太多了，也許只可以用「讀書」兩個字來概括他過去那一段生活。除了這，他似乎只有一片空白。

開始是一種強迫，然後多少有了興趣。然後就像是一部貪得無厭的機器，好像不讀書就像是一種錯誤。

但今天，他忽然感到必須有什麼不同。他還不知道應該如何的不同。也許他應該看看素真。他覺得很喜歡看她。看她的眼，看她的牙齒，看她的胸口。他也喜歡看她笑的樣子，他也喜歡聽她說話。她的聲音很好聽。

「我不想讀書。」

「怎麼啦？人不舒服？」

「我想做一件不同的事。」他一直盯著素真。

「什麼事？」

「妳有什麼意見？」

「到外面走走？」

「我不想出去。」

「你不想出去？」

「我喜歡和妳談話。」

「呃。」

「我也喜歡看著妳。」

「我還要洗菜，弄菜，不知道太太有沒有打電話回來？她說她會打電話回來告訴我要不要回來吃飯。」

「剛才有人打電話來，我沒有接。」

「沒有接？一定是太太打的，怎麼不接？」

「我不高興接。」

「那我打去問問她。」

「不。如有必要，她還會打回來。」

「那我先去洗菜。」

「素真。」他和往日一樣叫她，但他的心裏卻在輕輕地悸動。

「什麼？」

「妳不高興？」

「爲什麼？」

他跟在她後面，走到廚房，抬頭看到曬在外面的奶罩和三角褲。他忽然又想起了南部甘蔗園被姦殺的女學生，她大概和素真差不多年紀，她們的名字也那麼像。一個人快到二十歲了還不知道一個真正的女孩子是什麼樣子。

「妳還記得那個甘蔗園的女學生？」

「不要再說她，太可怕啦。」素真蹲下身把菜從菜籃裏拿了出來。

「如果妳是那個女學生？」他看著她的手臂，再迅速的移到她的領口。

「什麼？」素真忽然轉過頭來，臉色有點異樣。

「我幫你揀菜。」他說，也蹲了下去。

「我該打個電話給太太。」她說著，站了起來。

「我說她會打回來。」

「我怕她已打過了。」她說，又走到大廳。

「妳不高興我和妳在一起？」他又跟了出來。

素真也不回答他，拿起電話筒就轉號碼盤。

「不要打。」他說，忽然捏住她的手。

「請你不要這樣。」

「我，我不會傷害妳。」

「那你先讓我把電話打了。」她繼續打著。

「她回來？」

「不回來。」她把聽話筒放下去。

「我說我不會傷害妳。」

「你說什麼？」

「我可以知道嗎？」

「什麼？」

「可以不可以？」

「可以什麼？」

「女人都要戴奶罩？」

「什麼！」

他的眼睛盯著她的胸口，和隆起的前胸。

「……」

「請你……」她想閃開。

「我不會傷害妳的，我只想看看。」他搶前又抓了她的手。

「不，不要這樣。」

「真的不會傷害妳。」

「放手！」

「妳答應我就放。」

「放手！」素真用力掙扎，他就捏得更緊。

「不。」

素真忽然抓起電話往他的臉上猛砸過來。

「哎唷。」他輕哼了一聲。

紀友德手一鬆，素真把電話一摔，往房門衝了出去。

「素真。」他趕一步，但素真早已跑到樓下去了，只聽到大門關碰的聲音。

「為什麼？」他在心裏不停的叫著。他說他不會傷害她，她竟不能相信他。她竟無法了解他。難道他也會像甘蔗園那個摧花賊嗎？

「為什麼？」他為什麼一定要知道她是不是戴著奶罩？她的手，她的腿很白。他也看到了她的胸口。

也許他覺得她的英語不錯。但他相信如果自己用功一點，就是在聽的方面多練習，馬上就會趕過她的。難道他和她之間，也有和金克昌之間的那種競爭意識存在嗎？

也許自己表示的方式不對。他不應該向她提起甘蔗園的女學生的事。

他覺得有什麼東西在他的額頭蠕動，沿著眼皮慢慢下來。他伸手一摸，是血。素真把他的前額砸破了？血並不多。他用手背在前額胡亂揩了一下。血不多，卻好像還在慢慢流著。

她只不過是一個傭人。但他馬上又想回來，她就是個傭人，他也沒有什麼權利。而且他的父母也不准他這樣想。

不知道她跑到哪裏去了。也許去打電話給母親。母親知道了，一定會以爲自己有問題的吧。也許母親還會打電話給父親。說不定會鬧得滿城風雨。

一個女人穿不穿奶罩和自己又有什麼關係？自己爲什麼一定要知道呢？知道了會增加什麼，不知道又會短少什麼？甘蔗園的那一件事，的確給他一個打擊。他並不想欺侮素真，更沒有傷害她的意思。如果這也算是好奇，也未免好奇得離譜。但他覺得，好像在好奇之外，還有更嚴重的事。那是一種欺矇。並不是有人欺矇他，而是他自己被欺矇了。他好像有一種不甘心的心理，不甘心於被欺矇。他一向以爲自己所走的路是正確的，圍繞著他的每一個人都認爲這樣，也都相信這樣。爲了這個目標，他不曾浪費過一點心力。

他又想起素真。她的手、她的腿都很白。她所穿的裙子很短，她的胸口也很低。也許她還可以低一點。那她爲什麼要害怕？這一些年來，她都如此的吧，只是他沒有注意到而已。剛才，她在擦地的時候，不是可以從胸口看到更深的嗎？那不是等於她穿得更低一點嗎？那她爲什麼怕他？就因爲他是男人？就因爲他想知道？難道她討厭他？他不相信她會討厭他。

他活了這麼大，不知道女人戴不戴奶罩，誠然是一種不足，沒有見過女人的胸部也同樣是一種不足。但他並不一定要強迫著素真。也許剛才素真在擦地板的時候，給他一個機會，不是什麼事情都不會發生嗎？因爲這樣子，對她一點也沒有損失，因爲他原來就是那樣子。其實她就是答應他，又有什麼損害？

「鈴、鈴、鈴。」

又是電鈴的聲音。是素真回來了吧。他沒有立即去回答。

「鈴、鈴、鈴。」

電鈴又響起，似乎更加固執，他懶懶的站起，也不拿對話機起來問是誰，便伸手捺了電鈕。

素真既然不高興，他也沒有強迫她的理由。要知道女人，應該有其他的辦法。他曾經聽同學們說過，在某些地方可以找到女人。但他不想到那種地方。他相信素真是一個好女孩，也許是一個好女孩才拒絕他。

房門沒有關，進來的果然是素貞。素真的臉色不好，臉也好像繃了起來一般，顯得有點生硬。她沒有理會他，一直走向她自己的房間。

也許應該向她說明一下。他心裏想起。他走到素真的房間門口，看到素真正在收拾行李。她把行李箱打開在床上，行李箱已放了幾件衣服，膝蓋上也放著幾件。她卻坐在床上靜靜地哭著。

「素真。」

「……」

素真沒有理會他。

「妳要走？」

「……」

「都是我不好，妳不願意，我也不會強迫妳。」

「你流血了。」素真慢慢抬起頭來看他，突然驚叫了一聲。

「你坐在這裏，我來替你抹藥。」

她迅速的拿了藥箱來。他剛才就給她抹過藥。

「妳去打電話給我母親？」

「我本來想去打電話，在電話亭站了一下，我沒有打，我想我還是離開這裏。」

「我不會傷害妳，妳不願意就算了，但請妳不要走。」

「我很害怕。」

「我說不會傷害妳。」

「你一直提著甘蔗園的事。」

「我說我不會傷害妳。」

「好了。我把藥箱收起來。」

「素真，妳坐下來。」

「……」她沒有說話，又坐在床緣上。

「妳還是不相信我？」

「相信什麼？」

「我不會傷害妳。」

「你，你已經傷害到我了。」

「什麼？」

「……」

「素真？」他略微提高了嗓子。

「好吧。」

素真忽然站起來，她睜大著眼睛看他。她的眼睛裏有一種強烈的表情。他無法形容，也許是一種憎恨，也許是一種苦痛。他只看到她的視線，盯著他的前額受傷的地方，然後把焦點慢慢的移開，越過他的頭頂，然後在他後面很遠的一點固定下來。

他看到她的臉頰開始輕輕的跳動。突然她那不動的眼睛眨了兩下，眼淚又從眼角滾了下來。

他只看到她的手，機械地提了上來，慢慢地解開胸前的鈕釦。她的手在微微地發抖著。他好像還沒有了解她的行動，她已把襯衣的鈕釦全部解開，連內衣一起往上拉，露出了胸部。出乎他的意料，她並沒有穿著奶罩。

「素真。」

「你已看過了，就請你出去一下。我還要換衣服。」素真轉身過去，她的聲音出乎意料的平靜。

「請妳不要走。」

「請你出去，請你讓我安靜一下好嗎？」

——一九七四年

選自麥田出版《鄭清文短篇小說全集卷二——合歡》

4

雞

「各位同學，現在已快下課了，但我還是想借各位十分鐘的時間，和各位說幾句話，如有事情的，或不想聽的，都可以自行先下課。

「我想利用這時間和各位說話，是因爲這是本學期的最後一節課，而下學期，我也很可能不再到這裏來教書。

「妳們可能都還記得，我剛來上課的時候，教法有點不同。要我用一般的方法教，我也可以教，而且我也已教了將近一個學期。

「我是讀歷史的，所以我也希望各位能把歷史讀好。其實，各位已讀得相當不錯，考試都考很高分。但我必須坦白地說，這不是我的理想。

「各位考得很好，但各位並不是真正讀了歷史。各位只是死背歷史上的一些事或年代而已。我必須再重複一次，這不是歷史。

「妳們爲什麼沒有讀好歷史呢？因爲妳們不知道什麼叫歷史，因爲妳們沒有培養讀歷史的真正趣味。

「我有我自己的教法。我不是要妳們死背歷史，我是要妳們如何去喜歡歷史。

「可是有一天，教務主任警告我，說不按規定教書，進度也慢了，影響學生的成績。所謂成績，自然包括在學校裏的考試，和將來的大專聯考的成績。

「本來，這是一所很有名的學校，也是很好的學校。在這個學校之前，我已試過兩、三個學校了。我總以爲這個學校可以讓我嘗試一下。但我的結論是，差的學校根本不管功課的好壞，而好的學校卻只注意考試的成績。

「最令我傷心的是，竟有同學告到學校裏了。我實在沒有想到會有這樣的事情發生。結果，我只好忍受，把這個學期教完。

「但今天，我必須再講一次，也許妳們之中，會有一、兩個人，願意聽我的話，所以我認爲值得再講一次。

「讀歷史，並不是記幾個年代，或幾個名字。譬如說耶穌這個人，到底生於哪一年？這又有多少正確性呢？再進一步而言，你們如能多讀一點書，就會知道，是不是真的有耶穌這個人，都有疑問。

「更簡單一點，也許我可以舉更近的例子。妳們之中，到底有幾個人確實知道自己的出生時間呢？妳們母親有沒有告訴過妳們？所告訴妳們的是不是正確？以我自己爲例，在戶籍上，我是九月十六日出生的。但這個日子是怎樣來的？我出生於鄉下，據說是農曆八月十六日出生的，後來，報戶口的時候，只好加了一個月，就是九月十六日了。我們連自己的資料都這麼不確實，還談歷史？更糟糕的是，這些歷史課本，還有不少錯誤呢！

「歷史不是死的。妳們把歷史當著死的東西，才讀得那麼辛苦。我不是要妳們懷疑，但至少要培養讀歷史的興趣，就不能完全相信歷史。

「我的話就說到這裏了。謝謝妳們，並祝妳們鵬程萬里！」

這是徐老師的話。在下學期，徐老師就真的不來了。但玲芝一直不能忘掉他。他說話的聲音，低沉而有力。每當說了幾句，眼睛就往上翻。他的手，好像在打拍子，有節奏地揮著。他的表情是嚴肅而莊重的，但一說到最後，他的臉就抽動起來，他的聲音也沙啞了，他的眼睛紅紅的，好像有淚水在閃亮。他說完話，抬頭挺胸，步下講台，再也沒有回過頭來。

昨天晚上，玲芝又夢見他。自從開學以來，已快兩個月的時間，她已夢見過他五、六次了。其實，在寒假的時候，她就已夢見過他。

「玲芝，快起來呀。」是母親的聲音。

但玲芝並不想回答。

今天是星期天，她想多躺一下。她覺得，徐老師好像就在她身邊，在向她講話。不錯，他是哭了。她也哭了，她摸摸眼角，的確有淚水濕著。

「玲芝，還不快起來。昨天晚上，妳不是要我早一點叫妳起來？」

玲芝並不記得。以前，已是很久以前了，她常常要母親叫她早點起來讀書。昨天卻沒有。有夢的日子，她是想多躺一下。

「還不快點起來。」母親已走到房門口。

「還不到九點嘛。」

「妳還在想著什麼徐老師吧？」

以前，母親一提到徐老師，她就會生氣。但現在，她不但不生氣，反而喜歡母親提到他。有時候，母親好像有意要避開，她反而找機會把話拉回來。

「妳第一次月考考得不好，明天就開始第二次月考，還不趕快起來準備功課。」

她第一次月考的成績，由上學期的第七名降到四十一名。其中，歷史只考了五十二分。以前，對她而言，歷史是送分數的科目，每次都拿九十分以上。就算相差四十分吧，已差了二十名左右。

自從徐老師走了之後，她就一直在想，萬一歷史考了高分，就對不起他。這次歷史不及格，她反而覺得心裏很坦然。

「爸爸呢？」

「早就去爬山了。他就是不想管妳們，否則，我也不要這麼費力了。」

山是父親的生命。自從她懂事以後，就知道父親和山結了不解的緣，一有假日，幾乎天天去爬山。有時候，哥哥也會跟他去。有一次，她本來想跟父親去，父親也答應，卻又被母親擋了回來。

她一起床，先拿起報紙。鉛字從她眼前流過，她一個字也沒有看進去。她沒有看報的習慣，只是喜歡早上一起來，先拿報紙翻翻。

「不要看報紙了，快去吃飯。」

「我不餓。」

「不餓也要吃一點。不吃，怎麼有力氣打仗？」母親喜歡把讀書比擬做打仗。

「媽，妳去買菜？」她看母親手裏拿著塑膠袋。

「嗯。」

「我也去。」

「妳去做什麼？」

「我很想去看看市場。」

「又髒又亂，有什麼好看？」

「我已好久沒有去過市場了。」

「讀書人，只要把功課做好就行了。明天就要月考了，也不看看已幾點鐘了。」

「我今天實在不想讀書。」

「為什麼？」

「因為明天月考。」

「妳打算考最後一名？妳不怕留級？」

「昨天下午，我們幾個同學去看黃菁華。妳還記得她嗎？去年寒假來過我們家的那個高個子。她功課非常好，每次月考，不是第一就是第二。去年寒假過後，她忽然申請休學，說她頭痛。今年，她本來也想復學，只是很奇怪，一到學校，毛病就又發作，但回家，卻又好好的。」

「她患什麼病？」

「醫生說沒有病。我們說『懼學病』。」

「不要亂說。」

「媽，妳知道她怎麼說？她說開始時很難過，但有一天，好像領悟到，學校是地獄，她寧願上『天堂』。媽，妳說菜市場是天堂，還是地獄？」

「不是天堂，也不是地獄。是人人要努力奮鬥的人間。以後不要再去看她了。」

「她是一個很可愛的女孩子。」

「她是個瘋子。」

「有時候，我也會覺得自己快發瘋了。妳是不是也有同樣的感覺？」

「妳們都中了徐瘋子的毒素。」

「媽，請妳不要侮辱徐老師。我覺得，自進高中以後，最崇拜的就是他，而且他也和黃菁華沒有關係。」

「侮辱他？如果我早些知道，也會告到校長那裏，一天也不能讓他再待下去。」

「媽，黃菁華還說，如能現在就死掉，人生是最美麗的了。」

「不要再胡說了。」

「昨天晚上，我在洗澡的時候，把自己的身體仔細地看了又看。我哭了。因爲我想到了陽台上的那些玫瑰花，我兩、三天忘記去看它們，它們已開過，而且已凋謝掉了。」

「玲芝，妳腦筋裏，到底裝著些什麼東西呢？我愈想，愈覺得徐瘋子可恨。」

「不要老是把罵人的話掛在嘴邊吧。」

「罵人？不得已的時候，我還會殺人呢。」

「媽，我還是跟妳去市場。不知怎麼，我心裏一直發悶。」

「要去市場，也要先吃點東西。」

「我實在不餓。我來幫妳提袋子。」

玲芝跟母親走進市場，市場裏全是人和人的嘈雜聲。大部分是女人，有的提著袋子，有的推著菜車。她已好久沒有來過市場了，從前就沒有這麼多的人。每個人的眼睛，都看著菜攤上。每個人臉上，都好像戴著假面具，只有眼睛在打轉。如果這就是生活，生活看起來就是那麼莊嚴，而又是那麼癡呆。玲芝在心裏想著。

母親的手指，在菜攤上逡巡著。她一下子用指甲扎扎蘿蔔，一下子又把四季豆折斷然後聞聞。

她們由菜攤走到魚攤。母親要買一條活魚。不知道是鯉魚、鰱魚、草魚或鱺魚。反正母親和魚販子講了許多魚的名字。有些魚名，她以前也在課本上讀過的。她也不想去問個清楚。

魚販子伸手到水槽裏一撈，抓上一條活蹦蹦的魚給母親看。母親點頭，魚販子就用刀子在魚頭猛擊兩下，拿起扒子把魚鱗去掉，再用刀子剖開魚肚子。魚嘴還在動著，尾巴也無力地搧著。魚販子舀了一杓水，把鮮紅的血水沖洗乾淨，用塑膠袋把魚裝好。

「妳爸爸最喜歡吃活魚。」母親瞅了她一眼說。

玲芝把魚往袋子裏一丟，趁母親還在付錢的時候，頭也不回地往前走。走不到幾步，在拐彎的地方，人比較少，她正覺得奇怪，抬頭一看，差一點驚叫出來。

在肉攤上面，正掛著一個羊頭。羊頭上的毛都已去掉，臉色顯得蒼白。牠的眼睛睜得很大，牠的鼻子挺直而冷靜，但再看牠一眼，又好像是在動著。

她想起了一個人。那挺直的鼻子，那瘦削的臉頰，略帶蒼白的膚色，似笑非笑的鼻嘴，不正是徐老師的活寫照嗎？她再看牠一眼，她的心在猛跳著，但她還是仔細地看著牠。

「妳走那麼快做什麼？」

玲芝沒有說話，讓母親走到前面，不禁又回頭去看那羊頭。

「玲芝快過來。」母親在前面喊著。

玲芝跟在後面走到雞販子的地方。他手裏抓住一隻紅褐色泛白的雞，和另外一個太太說話。

「太太，這一隻不錯。」雞販子的手緊緊抓住雞的翅膀，雞腳在空中划著。

「不是土雞。」

「半土雞，吃起來和土雞一樣，價錢可便宜多了。」

那太太點了點頭。雞販子拿了一片月桃，把雞腳一綁，拿了秤子一稱。

「二·四公斤，剛好四斤。」

雞販子說，望那太太一看，也不等對方回答，就把雞頭往手指間一夾，另一隻手把雞脖子上的毛迅速拔掉，拿起薄刃長刀往沒有毛的地方一按一拖，血就噴了出來。他把腳上的月桃拿掉，把雞倒著丟進鐵桶裏，蓋上鐵蓋。他的動作熟練而敏速。雞在鐵桶裏猛撞了幾下，很快地靜下來，只剩下腳在無力扒動的聲音。

「媽，走吧！」

「妳不是最喜歡吃咖哩雞嗎？」

「下一次，妳自己來的時候買吧。」

母親還沒有再說話，雞販子已又迅速地從雞籠裏抓出一隻全黑的雞。

「太太，這隻不錯。」

「媽，不要買了。」玲芝說。

「我想還是買一隻殺好的。」

「也好，妳看這一隻。」

「皮黃黃的，是昨天殺的吧？」

「不，不可能。這種雞，皮要黃一點。妳如不相信，還是買這一隻，現殺的，一下子就好了。」

「雞冠那麼高，已生過蛋的吧？」

「沒有，絕對沒有生過蛋。妳嫌雞冠太高，換這一隻。這一隻絕對沒有生過蛋，我敢保證。現在的雞，保證都是小姐，絕對沒有談過戀愛。養到這樣子，最理想，肉又好吃，飼料也經濟。」

母親伸手在脖子下捏一捏。

「灌得太飽。」

「都是一樣的。活物嘛，總是要吃一點東西。」

雞販子拿起秤子稱一下。

「兩公斤一，剛好三斤半。」

「快一點嘛。」剛才的太太在催。

「好的，好的。」雞販子打開蓋子，把雞抓起來，雞的身體軟軟的，頭在擺來擺去。他把牠丟進去毛機。

「等一下。」雞販子剛拿起刀子，母親忽然叫停。

「妳們不敢看，先到別的地方，等一下來拿。」

「不。」

「我不會調換的。」

「不是，我要拿活的回去。」

「要養？再養一個月，剛好開始長油。」雞販子說，再在雞腳上補一條月桃。

玲芝和母親步出了市場。市場外的冷空氣迎面吹了過來。她襟了一下。她實在無法了解母親。

「媽，妳真的拿回家養？」

「養？養在什麼地方？雞本來就要殺來吃的呀。」

「那爲什麼不讓他殺？」

「誰殺不都一樣？」

「誰來殺？」

「我。我沒有殺過雞，但我也能殺。我要證明給妳看。」

「媽，妳真的……」

「我沒有發瘋。萬一，我如做不好，還要妳幫忙。」

玲芝不再說話，只是默默地跟在母親背後。她越想越不明白。

她和母親一回到家裏，母親就真的在廚房裏殺起雞來。母親叫她幫忙，她卻躲到自己的房間裏。

「玲，玲芝，哎呀……」母親突然大叫起來，聲音尖厲。

玲芝從房間裏衝了出來。她看到那一隻桔黃色略摻黑毛的雞，正從廚房艱難地踱了出來。牠腳上的月桃已鬆開，還鬆鬆地鈎在一隻腳上，走起路來，好像喝醉了酒。牠略張著嘴，痛苦地伸著脖子，不停發出咯咯咯的聲音。血從牠的脖子一滴一滴流下來，廚房裏和客廳裏的塑膠地板上已染了不少鮮紅的血跡。最奇怪的是，那一隻雞卻一直跟著母親走。

母親臉上非常慘白，她的全身在顫抖不已。她走了一步，雞也就跟著一步。玲芝走過去，看著雞，雞也翻翻白眼看她。她往前，雞打斜地退後，牠的腳步依然不穩，卻緩慢地拉起腳，一步一步走著。

她抓起門邊的掃把，對準著牠，猛揮過去，牠搖搖晃晃躲開一步，掃把從牠身上掃過。牠又咯咯咯地叫著，再斜斜地退後一步。她再對準，用力一揮。這次打在雞身上。牠踉蹌了一、兩步。她用掃把壓住牠的脖子。

「刀，媽，刀。」

但母親只是楞楞地站在那裏。她一手抓起雞脖子，跑到廚房撿起母親扔在地上的刀，往雞脖子猛割，正像剛才她在市場裏看過的那樣。雞在她手裏掙扎了幾下，血從她的手裏流下來，還是暖和的。

刀從她手中滑下，她的手開始發抖，她的臉也一定很慘白。

雞不動了，雙腳無力地垂下。但她還是不敢放手。

「玲芝，妳說過，人有時候會發瘋。」

「我是怕我自己發瘋。」

「我以爲天下沒有什麼做不到的事。」

「你能殺雞，也能……」

「他的影子太強烈了。」

「有沒有殺死？」

「我……我不知道。」

「妳已殺了一隻雞。而妳也……」

「是妳幫我殺的。」

「是我自己殺的。」

「妳說，媽有錯嗎？」

「錯？」

「妳不會怪媽媽？」

「媽媽只有一個希望，要我死心塌地讀書？」

「對。」

「這就是媽媽心目中的好女兒？」

「對。」

「這就是人生？」

「不要再說艱深的道理了。」

「媽，也許從現在起，我可以好好讀書了。」

「噢，妳真的想通了？」

「難道這會是假的？」玲芝忽然把捏在手裏的雞提到眼睛的高度，把手放開。

她的手全是血。

「趕快去洗手。」母親指著水龍頭說。

但玲芝只是感到眼前一黑，身子也搖晃了一下。

「玲芝，妳怎麼了？」母親抓住了她的肩膀喊著。

玲芝掙了一下，走出了廚房。

——一九七八年

選自麥田出版《鄭清文短篇小說全集卷二——合歡》

5

檳榔城

昨天上午參加了畢業典禮之後，有些同學已在下午或晚上坐車回家去了，也有些準備在今天早上回去，只有少數的同學還留在中部。

洪月華自己一個人到了市區，想在回去之前，買一點東西送給父母親做紀念。她在中部讀書四年，在這時候，當她走到街上，看到許多熟悉的地方，如公園、圖書館、戲院、飲食店，就忽然想起，在往後的日子裏，也許不容易有機會再看到。所以，每當她走到一些最熟悉的地方，就不禁想多看它一眼。

這時，她也忽然想到了一些同學，她曾經和他們到過這些地方。這些同學，大部分是女同學，有時也有一、兩個男同學參加。但只有一個人，至少只有這一個人，陳西林是從來不跟同學上街的。

昨天，他也沒有來參加畢業典禮。也沒有來和同學們簽名、道別。

陳西林為什麼沒有來呢？四年的學校生活，有什麼比這更有紀念性？有什麼比這更重要？他自參加最後一堂考試之後，就沒有人再見到他了。他會生病？她想起了他那又壯又黑的體格，總是和疾病連不起來。

在學校裏，他是一個怪人，幾乎不跟任何同學「交際」。

他很用功，成績也相當不錯。

洪月華只和他談過一次話，那是去年在農場實習的時候。那時，他們分到同一組。他們談了不少。但自那一次以後，他忽然又變成了陌生人一般。她實在無法了解他，但也不曾想要去了解他。

但今天，她爲什麼又想起了他？會是因爲他沒有來參加畢業典禮？

她走到火車站，先看看回台北的時間，而後又看看南下的時刻表。

也許，她應該去看看他。她買了一張南下的普通車車票。爲什麼？她猶豫了一下，但車票已經買了，難道要退票？

火車差不多慢了三十分鐘。她坐了一個多小時，到了那個小站，已是下午一點多了。下車的人和上車的人都一樣的少。太陽很是眩目。

她雖然沒有來過這裏，但這個小站的名字卻一直留在她的記憶裏，已有兩年多了。

那是大二的寒假，她和同學到南部旅行回來。她坐在窗邊，她看看西邊，看到一輪又大又紅的太陽正要沉入西邊的地平線。「多美！」她和同學一起喊了起來。

就在那時候，她在一片田畝之間，看到了一座四四方方的田莊，圍繞著矗立的檳榔樹，正好頂著那美麗的落日。檳榔城，一個美麗的名字忽然閃過她的腦際，已和那美麗的落日連在一起了。

那檳榔城很快地抛到後面去了，太陽從地平線滾了下去。天是一片火紅。她看

看手錶，五點三十五分。

她閉著眼睛，回憶著那美麗的景色。那時，火車忽然慢慢地停了下來。車上的服務小姐透過擴音器報了站名，又說是因爲交會列車，暫停一下，請旅客稍候。她睜開眼睛，並把那小站的名字記在心裏。

當她走過出口的時候，收票員還抬起頭來看了她一下。在台北和台中那種城市裏，她就沒有遇到過這種事。她覺得，好像每一個人，尤其是女孩子，都在注視著她。是不是她穿的裙子太短？或者所穿的鞋跟太高？她忽然感到臉紅起來。

檳榔城，兩年多之前她曾經從火車的窗口看到的，又如何去呢？

她知道陳西林就住在檳榔城裏。這是去年在農場實習的時候，他告訴她的。那時，他還和她談到種植檳榔的各種問題。

「檳榔城，多美麗的名字！那是和某些水彩畫家所畫的農村景色一樣的美麗。但實際上……我倒希望你有機會來看看。」

「你肯讓我去嗎？」

「爲什麼不肯呢？」

但他並沒有再邀請過她。實際上，自那次以後，他就沒有再和她說過話了。

到了第二學期，學分也少了，而且選修的課比較多，她自己也選了一些輕鬆一點的課，而他卻依然選那些吃重的課，碰面的機會也少了。有時候，就是偶爾碰頭，他也好像有意避開她似地走開了。

而後，很快地期末考完了，大家都畢業了，而他卻連畢業典禮都沒有來參加。難道他已忘掉曾經約她去看他的檳榔城了？

但她並沒有忘掉。現在，她的困難是怎麼去。方向她是知道的。只要沿著鐵路往南走，就一定會找到。但從當時的火車的速度來推測，離開這裏至少也有六、七公里的吧。

當時，她也沒有問起陳西林如何去，坐什麼車去。她走出了火車站。

站前有兩排小店，有的賣煙酒和雜貨，有的賣水果，有的賣魚肉，也有六、七家小吃店，包括一家冰果店。狹窄的街道和牆腳都好像蒙上一層當地特有的土色、黑灰色。

時間雖然已不早，但小吃店裏還有一些人，她還可以聽到炒菜的聲音，也可以看到大鍋裏還在冒煙。

她也看到一家賣甜點的店。有花生湯、紅豆湯，也有米糕糜。一只尖嘴的開水壺還不停地吹著哨聲。她看到小玻璃窗裏放著一些泡餅和油條，裏面也有兩、三個人低頭在吃著。

這時，她想起中午還沒有吃東西。因爲臨時坐上火車，她連吃東西都忘掉了。她一看，一只玻璃罐裏還裝著麵茶。她想起小時候到鄉下找外祖母，曾經在廟前的小吃攤吃過麵茶。但自外祖母去世以後，她就很少去過外婆家，也更少看到賣麵茶的了。

她叫了一碗麵茶。她實在沒有想到還能在這種地方吃到麵茶。小店的歐巴桑矮矮胖胖的，看來有五十多歲。她把麵茶舀進碗裏，用湯匙背面熟練地一抹，把尖嘴的開水壺拿起，由低而高，再由高而低地沖下開水。麵茶已起了泡。她用湯匙拌了一下。

「歐巴桑，請借問，在鐵路邊，有一間種檳榔，安怎去？」

「哪一間？」

「他們有個孩子，去中部讀大學的。」

「是不是陳西林家？」坐在對面吃花生湯泡油條的壯年人問。

「你認識他？」

「他是我們這裏的農業博士，我們一有問題，不管是種子的問題，或肥料的問題，都是請教他。」

「我怎麼去？」

「等一下，我用歐托拜載妳去。」

「沒有車子？公共汽車？」

「有是有，不方便。車班太少，下車還要走很遠，妳也不一定知道路。還是我載妳去。」

「不好意思。」

「有什麼不好意思？我每次碰到城裏來的人，就有一種感覺，都不相信別人。」

「我……」她感到臉紅。

「妳是他同學？」

「嗯。」

「我去隔壁把買好的東西提過來。妳等一下。」

那個人也姓陳，他們坐機車穿過田畝間的小路。路的兩邊都是黑土壤的田地，現在大部分都已犁翻過來，預備種第二期作物。

白熱的太陽正高掛在頭頂上。機車差不多走了十幾分，就到了陳西林的家。不錯，那正是她從火車上看到的檳榔城，只是覺得比她印象裏的小了一點。

她站在入口的地方，往東邊看，果然在遠處可以看到高高的鐵路路基，延伸到很遠的地方。

原來，用機車載她的人，還是陳西林的遠房堂兄。

房子是紅磚屋，看來已是很久的了，屋前是水泥地的曬穀場，上面有雞鴨在走動，隨便把糞便撒在地上。房子的四周圍著兩層檳榔樹，大部分比屋頂高，但也有幾棵比較矮小，看來是以後才補種下去的。有些檳榔樹正在開花，也有的已經結子了。陳西林曾經告訴過她，種檳榔樹，除了可以代替竹圍之外，還有更高的經濟價值。

陳西林不在家。他的母親出來，說他已去田裏工作了，並叫他的堂兄去把他找回來。但她希望能去田裏看他。

田就在屋後，在鐵路的相對方向，應該是西邊。

太陽猛烈的照著。她走到屋後，一望過去，都是田畝。有的已注滿了水，映照著天色，好像一面大鏡子。

在遠處，她可以看到幾個影子在泥田裏走來走去，好像追逐著什麼，腳步有時大，有時小，那樣子很滑稽，也很好玩。田裏也有幾個女人，女人所戴的笠子還縫著彩布，用以遮陽光，所以不容易看到她們的臉孔。但從她們的體態看來，其中有一個人很年輕。那個人會是誰？

洪月華忽然臉紅起來了。她爲什麼想到這種事情呢？

田路只有一尺多寬，走起路來，靴跟有時又會嵌入土裏，一不小心，就會跌倒。

她走得更近了，也看到了陳西林。陳西林並沒有生病。她看到他停下腳步，轉頭過來看到她，好像楞了一下，而後走上最近的田路，往她這裏走過來。他穿著短袖布衫，但依然可以看到寬闊的肩膀，和肌肉隆起的胳臂，看來比在學校裏要黑得多了。

他的腳好像穿著長統靴，泥巴幾乎沾到膝蓋。他的身上也有泥跡。

「真想不到！」陳西林脫下了竹笠說。

「你們在做什麼？」

「踏稻頭。」

「踏稻頭？」

「妳沒有看過嗎？就是把稻頭踩進泥土裏，讓它腐爛。因爲一期作和二期作之間的間隔太短，必須把稻頭踩進土裏。」

「呃。我一直都不知道。」

「那也怪不得。這是在課堂上，在實習農場裏都學不到的。」

「你昨天怎麼沒有去？」

「家裏太忙了。大家正在趕著插秧。」

「我會打擾你嗎？」

「怎麼會呢。」

「我可以試試？」

「很累喔。」

「我只要試一下。」

「妳不怕把衣服弄髒？」

「沒有關係。」她紅著臉說。

「那妳應該戴著笠子，陽光這麼強。」陳西林說，把自己的笠子脫下來給她。

「那你呢？」

「我有這個。」他從褲子口袋裏掏出了一頂帽子。「我去弄一根竹子來給妳做杖子。」

「你們都不要杖子？」

「我們是農夫。」

「我也是學農的呀。雖然昨天已畢業，這也算是補修學分。」

她也是學農的，不錯。但她和陳西林完全不同。她是因爲聯考成績的關係，才分發到農業系來的。至於陳西林，卻是一心一意想讀這個系，希望能學點東西，來改良自己的農耕成果。

洪月華把鞋子和襪子都脫了下來。她的裙子雖然還不到膝蓋，她還是小心地提了一下，輕輕地走下到田裏。

陳西林也替她介紹在田裏工作的人。那個年輕的，是他的妹妹，名字叫玉蘭，目前在中部的師專讀書。另外的人，有一個是他的嫂嫂。

她一踩進田裏，就覺得整個身子往下沉。她的心裏有一種不安的感覺。泥土好像往下拉著她，一直到她的膝蓋已快沒入泥水裏。她趕緊把裙子再提高一下，露出白白的大腿。她的臉又脹紅了。

她看著別人在踩著。陳西林就在她身邊。他們踩得又迅速，又準確。他要給她竹子，她不肯。

她看到前面有一簇稻頭。她想去踩它，但她的腳卻好像嵌在泥土裏，怎麼也拉不出來。她用力的拉，腳是出來了，人卻差一點倒下去。

陳西林拿竹子給她，堅持她用杖子。

她慢慢地踩著。這是她第一次踩到田水裏的。她一踩下去，身體搖晃了一下，等她一穩住，小腿已沒入一大截。她感覺自己忽然變得那麼矮小。

用犁翻過來的泥土裏，散布著一簇一簇的稻頭。有的是直的，有的斜的，也有的倒栽在水裏。因爲稻割不久，稻稈上斜斜的切口還很尖銳。她聞到一股泥土的味道，雖然她不曾聞過，也無法說明，但她知道那就是泥土的味道。

她看準著稻頭踩了下去。但有時候踩歪，還有一半留在上面，她就必須抽腳起來再踩。有時，稻稈向上，或埋在泥裏看不見的，一踩下去，就會扎痛腳底。有時，扎得太痛，她就略微蹲下身子。

泥土，有時很黏，讓她無法順利拔出腳來，有時卻在她的腳底下滑溜，好像是泥鰍在鑽動，有時也會沿著小腿噴了上來，沾污了衣裙，和大腿的內外側。她小心翼翼地踩著，很怕跌倒下去。

陳西林踩的面積比較寬，她只踩著狹窄的一線，而且歪歪斜斜的。

她每踩下去，泥土就往腳趾間擠，把腳趾扯開。她看到陳西林的腳趾也是張開的，腳板顯得又寬又厚，很像鴨掌，她忽然覺得奇怪，他是怎麼穿靴的？

三點多鐘，他們停下來吃點心。在鄉下叫做吃五頓。點心是稀飯加番藷，佐飯的是黑豆豉和切碎的蘿蔔乾。他們把手腳隨便洗一下，就站在田路上吃著，女人也一樣。陳西林的妹妹玉蘭還問她一些城市裏的事情，也一再的稱讚她的皮膚。

她沒有吃過這種東西，但她覺得比什麼都好吃，尤其是稀飯裏的黃色番薯。休息的時間很短，也就是吃點心的時間。她俯首看看自己的腳。腳上還沾著一點泥水，有些地方已乾了。有點繃緊的感覺。指甲上的指甲油已脫落不少，但指甲裏卻塞著泥土，彎成新月形。

她的手臂有點發紅，有點灼燒的感覺。

吃完點心之後，他們又開始工作。陳西林要她休息，但她紅著臉，表示要踩下去。

太陽依然猛烈地照著，汗水從額頭不停地流下來。刺痛著眼睛。她的口很渴，喉嚨乾乾的。她也感到背部都濕了。她的腳步也漸漸慢了。她的腰有一點挺不直了。她好像一輩子都沒有流過這麼多的汗。

她踩得越來越慢，也越少，陳西林就必須踩得更多，才能維持同樣的速度前進。有時，她踩漏了，或沒有完全踩進去的，陳西林還回過來補踩一腳。

「我很高興妳來看我。」

「呃。」她的臉又紅了起來，好像汗也冒得更快。

「其實，我也希望有其他的同學同來。」

「他們都回家去了。」

「妳回家以後，有什麼計畫？出國？結婚？或做事？」

「我爸爸已替我找到了工作。」

「什麼工作？」

「貿易商。」她又臉紅起來。

「貿易商？」

「出口工藝品的，這是暫時的，因爲一下子找不到性質比較接近的工作。」

「這也很不錯。不過，我最近常常這樣想，很多想讀這種書的人，讀不到，有些人不想讀，也不必讀的，都擠進來了，占去了有限的名額。」

「有時，我也會這樣想。尤其是到了最近，快畢業了，在找工作的時候遇到了許多問題，就更覺得如此了。我很明白你的意思，其實，我也時常覺得做錯了一件事。」

「這也不一定能怪妳。讀書，當然什麼人都可以讀，什麼書都可以讀。只是，有些真正想讀的人，卻沒有機會讀。拿我自己來說，就考了三次才考取，而你們卻是因爲考不好才分發過來的。你們並不真正想讀這種書。妳還記得吧，當初，你們到農場去實習的時候，都好像要去郊遊一般，三五成群地聊著天，有的還帶著收錄音機，一邊聽歌，看那些雇工在工作。」

「我們裏面，也有農夫，像你這樣的，也有幾個讀得很好，想到試驗所去，或想找機會繼續深造。」

「那只是少數的幾個人呀。大部分的人，一畢業就改行。這種情形，不僅是個人的損失，也是整個社會的損失。」

「但，這又有什麼辦法呢？當初我也是很努力的呀。每個人都想考好一點，每個人都覺得有學校讀，要比沒有好呀。」

陳西林一聽，忽然沉默下來。過了片刻，他說：

「對不起，我實在不應該對妳講這種話。」

洪月華正想開口，聽了這一句話，也就把自己的話吞了下去。她覺得很難受，臉也紅了起來。她的頭也低垂下去。她的腳步顯得更加沉重，她的腰也更加酸軟。她站在泥土裏，好像已被黏住，無法拔脫出來。她勉強伸直了腰，望著約有半公尺遠的一簇稻頭，用力一掙，把腳拔了出來。她的腳是拔出來了，但身體卻猛晃了一下。她搖動身子想維持平衡，卻反而失去了平衡，往後一仰，整個人跌坐在泥水上。

她想站起來，但土質太鬆，反而往下沉下去。她想用手撐著，手也沒入泥土裏。她的另外一隻手還抓住竹子，但竹子卻在空中揮舞著。

「怎麼了？」

陳西林跨著大步趕過來，把她拉了起來。她的手和裙子全是泥土。

「我實在不該說那種話。」他扶她到田路上。「我叫玉蘭帶妳回去換衣服。」

「對不起，我耽誤了你們的工作。」

玉蘭燒了水給她洗澡。

他們家並沒有浴室，洗澡的地方就是在廚房的一角，沒有一點遮掩，而且現在還是白天。她猶豫了一下。

「沒有關係，我們都是這樣洗的。我來替妳看一下。」玉蘭說，就坐在門口看著。

廚房裏只有一個小小的窗子，窗子一關，還可以看到外面有一些綠色的影子在晃動，大概是那些檳榔的葉子吧。

玉蘭拿自己的衣服給她換，也替她把弄髒的衣服洗好。玉蘭沒有她高，卻略微寬了一點，所以她的衣服，她勉強可以穿，只是不知道是因爲布質的關係，或者是因爲洗衣服的水質使衣服略帶一點黃色和鹼味，她穿起來，有一種奇怪的感覺，好像有什麼東西在身上爬動，尤其是脖子、肩膀和手臂。可能是太陽照射太久，這些地方都發紅了。

小腿以下，裹著的泥土一洗掉，就再露出白皙的皮膚，只是指甲裏的泥土依然洗不掉，她發現到，小腿上有好幾個地方被稻稈劃破成一道一道的紅線，有點癢癢的。

「我很喜歡妳。」玉蘭說。

「實在抱歉，我來這裏，只增添你們的麻煩。」

「哪裏。妳是我哥哥第一位到這裏的同學。他一定很高興。我們都很希望妳以後能再來看我們。」

「今天，我就回去台北。我實在不知道什麼時候能再來。不過，今天的事，我是一輩子忘不了的。」

玉蘭帶她到房子的四周看了一下。她告訴她那些檳榔樹是十年前她哥哥剛進高農的時候勸她爸爸改種的，用以代替原有的竹圍。當時她爸爸還竭力反對，但她哥哥還列了好幾個理由去說服他。

再過了一個多鐘頭，陳西林他們也都回來了。他們已把田裏的稻頭都踩進泥土裏了。

本來，她想立即趕回中部，再趕回台北。但陳西林、玉蘭他們一再留她吃晚飯。他母親還特地殺了一隻土雞，並把整隻雞腿剁給她。鄉下人的這種做法，雞腿是留給年紀最小的人吃的。洪月華又感到了臉紅。

她要吃也不是，不吃也不是。她望碗裏的雞腿，用筷子輕輕地扒著飯吃。但陳西林的母親不許她不吃，口裏不停地說鄉下的雞一定比城市裏的好吃，拿起雞腿替她扯開，並蘸了醬油再放回她的碗裏，聲言她再不吃，就要硬塞了。

陳西林的母親也有六十歲了吧，身材矮小，但動作還很敏捷，力氣很大。洪月華就看到她一手提著一隻大木桶的餿水去餵豬。

洪月華用筷子把雞肉輕輕剔了一下，再用手指尖把雞皮扯下來放在桌上。她是從來不吃雞皮的。

陳西林一看，就用筷子把桌上的雞皮挾了過去，若無其事地放在嘴裏吃了起來。她的臉又脹紅了。

飯後，陳西林邀她到鐵路那邊看落日。

「不必了。」

「既然來到這裏，妳不想再看看？」

「我想回去。」

「那我用摩托車載妳到火車站。」

太陽剛落下，西方的天空是一片火紅。鄉下的落日，依然那麼美麗。

摩托車在田畝間疾馳而過。田裏的水反映著天空顏色。洪月華雙手緊緊地拉住椅墊上的皮帶。她的頭就在陳西林的背部後面。車子跑得很快，風很大。應該靠近一點嗎？她一想，臉也紅了。

風吹過來，頭髮在風裏飛揚。忽然，有什麼東西飛進她的眼裏。她不停地眨著眼睛，但那東西依然嵌在眼裏，淚水不停地流下。她不敢放手，只是低下頭，用肩膀去揉著。但，越揉眼睛越痛。

她想喊他停下來，但又覺得幾分鐘就可以到車站了。也許，她可以忍耐一下。

當他們抵達火車站的時候，她的眼睛已無法睜開了，她的臉上全是淚水。

「怎麼了？」

「好像有什麼東西跑進眼睛裏了。」她帶著鼻聲說。淚水已流進鼻孔裏了。

「我來看看。」

他用手指把她的眼皮扳開。

「有一隻蚊子跑進去了。」

「很大？」

「很小的一隻，妳不要動。」他說，湊近嘴猛吹了一下，再用手指扳開著看。

「好了吧？」

了。」

「好一點了。」她眨眨眼說，用手背把臉頰也揩了一下。「今天實在打擾你們見到妳。」

「妳爲什麼老是說這一種話呢？我很高興。我實在沒有想到。我真的很高興再見到妳。」

「以後，我再坐火車經過這裏的時候，我會想到你們。」

「以後，我看到火車經過的時候，我也會想到妳或許坐在上面，尤其是太陽快要下山的時候。」

——一九七九年

選自麥田出版《鄭清文短篇小說全集卷三——三腳馬》

6

門檻

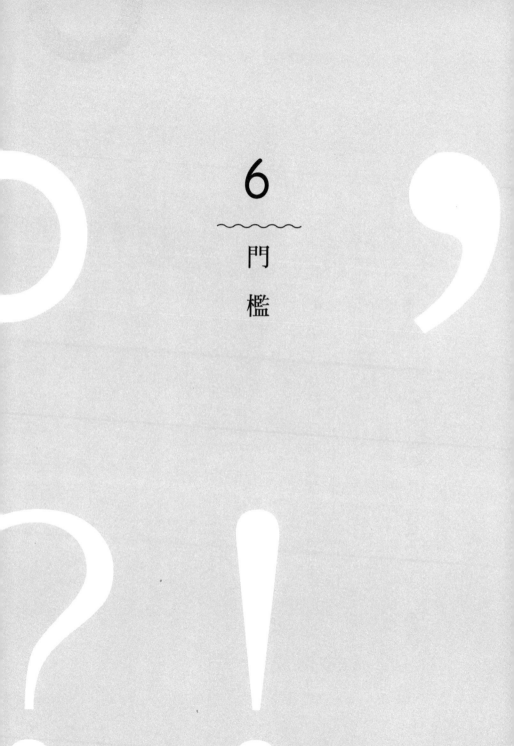

「阿生，阿生。」是母親的聲音。

明生睜開眼睛，看見母親站在床前，微彎著腰，一手扶住床緣。

「快十點了。」

明生把被單拉開，順勢坐起來。

「快去吃飯。」

「噹、噹、噹、噹。」從外面傳來打鐵的聲音，父親已一個人在工作了。

「幹你娘！整天服侍那沒有出息的腳色，希望他來庇蔭妳！」不知父親已說過多少次了。「還不給我出來，難道要工作來等妳！」

聽聲音，就知道母親也加入工作了。

「噹、哐、噹、哐、噹。」

明生吃過早飯，走到前面。父親和母親夾著鐵砧，面對面，搥著鐵砧上的鐵塊。父親一手拿鉗子，一手握著小鐵鎚，母親雙手揮起大鎚，一上一下地打著。

「哐、噹、哐、噹、哐、噹。」

父親戴著竹笠，打著赤膊，腰際以下圍著一塊帆布，他那寬闊厚實的胸部和手臂，已濡滿汗珠。母親也戴著竹笠，腰際以下同樣圍著帆布，上衣已濕透。兩人都戴著眼鏡，都打著赤腳。

他們打完一段，父親把鐵塊插入火爐中焦炭堆裏，左手拉起風箱。母親把鐵鎚擱在地上休息著。

「睡到現在？哼！」

父親一邊拉風箱，一邊說。風箱一拉，火爐裏的焦炭立刻燒紅，火焰熊熊升起。父親把焦炭撥蓋到鐵塊上，把小鐵鏟一放，舉起右手，放到嘴巴上。

「幹你娘！」又是「三字經」。

起先，明生不解父親的動作，等父親罵出口，他才想起父親已把香煙戒掉。父親戒煙，是因爲他抽煙。

父親把鐵塊挾出來，看看顏色，再插進火心，把焦炭撥攏，又把風箱拉了兩、三下。

「不讀書，就來做工。」不知父親已說過多少次了。「不會替你老母打幾下？」

母親拿的是大鐵鎚。那實在太重了。他怔怔地站在那裏。

「無路用！虧你長得像一隻象。」

「阿和……」

「都是妳寵壞了他。自這麼小，我就告訴過他，你不好好讀書，就回來打鐵。

是他自己不讀書，又不是我不讓他讀。」

明生國中畢業的時候，參加了所有可以考的考試，包括夜間的補校，卻連一個學校也沒有考取。

他走到母親旁邊，要去拿鐵鎚，母親把他撥開。

「給他。」父親說。

母親把竹笠和帆布巾一起解下來給他。帆布上有許多火星灼過的痕跡。母親的小腿和腳背上，也經常有灼傷。他還記得小時候，母親替他洗腳，常常指著她自己腳上的灼痕說：「我們阿生長大了，要讀書，不要打鐵。」那時候，他也會伸手去摸她的灼痕。

父親把燒紅的鐵塊挾了出來。那鐵塊的一端已燒成發白的金紅色，好像整塊鐵已燒成柔軟的物體，看來還會動。

父親把鐵塊放在鐵砧上，用小鐵鎚先搥了兩下，鐵塊的顏色也轉暗了一點。

他兩手握住大鐵鎚的木柄，等父親「嘿」的喊了一下，立刻揮起大鐵鎚，跟著打下去。

「哐、噹、哐、噹」

火花從鐵塊上迸濺出來，他感到害怕。他怕火星濺到眼睛和腳部。他眼睛一眨，腳步也略微失去平穩，鐵鎚也打偏了。把鐵塊打歪了一角。這一次，他只打了五下。

「幹你娘，只會吃飯！」父親說。

他抓好大鐵鎚，又揮下去。父親看著他的大鐵鎚打下來，趕快把鐵塊挾開，他的鐵鎚猛打在鐵砧上，他感到整個手臂都麻起來。

父親又把鐵塊挾進火爐裏，把風箱拉了兩、三下。

「你閃開！」

他把鐵鎚交母親，把竹笠和腰際的帆布也解下來。

「你去讀一點書吧。」母親說。

「嘿。」父親把鐵塊挾出來，放在鐵砧上，向母親吆喝一聲。

「噹、哐、噹、哐、噹。」

兩個人又打起來了。

母親在年輕的時候，就跟父親打過鐵。鎮上的人都叫她「打鐵嫂」，後來年紀增高，就改叫她「打鐵婿」或「打鐵姆」。這倒不是說她是鐵匠的女人，而是說她是個女鐵匠。

起先，母親打鐵，是想像男人那樣賺點錢。但，女人畢竟是女人，要養孩子，她也時做時歇，最近因爲不容易請到師傅，她就又幫助父親打起來了。

明生走到裏面，想讀點書，但一點也讀不下去。

「哐、噹、哐、噹。」

打鐵的聲音一直搔著他的耳鼓。他不喜歡這種聲音，尤其是母親也在打鐵的時候。

目前，在鎮上還有三家鐵店，一家是堂叔開的，另外一家，算起來也是遠親。打鐵的行業，已迅速的衰萎下去。但，堂叔開的那一家，在幾年前就已改裝電動鐵鎚了。

當時，哥哥他們也曾經勸父親改裝，父親只是不肯。當時，父親也許已察覺出打鐵已沒有前途，同時他們兄弟也沒有一個人繼承這個行業。

有人說，電動鐵鎚的聲音太單調，只有節奏，沒有韻律，但如果兩種聲音比較起來，他還是喜歡電動鐵鎚。

他們把書本放下，走到門口。正當他的腳跨過門檻的時候，父親說。

「你去哪裏？」

「沒有。」

「不准出去，不然，就不要回來。」

門檻

「阿和。」
「鐵都要打，人怎麼可以不磨一下！」
他雙腳還是跨在門檻上。門檻上是一塊完整的石條，據說是父親的曾祖父來台灣開鐵店的時候，從長山帶來的。
父親的曾祖父把打鐵的功夫傳給父親的祖父，再傳給他的祖父和叔公。祖父傳給父親，叔公傳給了堂叔。
父親在十四歲的時候，就開始打鐵，到現在也已四十多年了。在開始，父親一直盼望他們兄弟能夠有人繼承。但，他的幾個哥哥都以讀書爲重，現在只剩了他這個么兒子了。
以前，父親也曾經盼望過，或許他會繼承。但近年來，由於舊鎮迅速擴張，農地縮小，農具、刀斧，都改用機器大量製造，打鐵的行業已一日不如一日，現在已沒有什麼生意，而師傅也都改行轉業，只剩下父親一個人，有時也像今天由母親幫助，硬撐下來。父親就曾經說過，打鐵就到父親那一代了。
堂叔他們也差不多，下一輩的人，也沒有一個人學習。他們雖然裝了一部電動鐵鎚，卻因爲生意不好，時動時停。
他依然跨在門檻上，眼睛望著門檻，門檻上有一個缺口，是以前父親用鐵鎚敲掉的，他在國中二年級的時候，和同學打架，把對方的眼鏡打破，傷到眼睛，差一點瞎掉。父親盛怒之下，拿手裏的鐵鎚猛敲在門檻上。後來，母親告訴他，父親曾經哭了，父親說那一塊石頭，是父親的曾祖父特別從長山帶來的。

他依然望著門檻。看來，那塊石條顯得冷冷亮亮的。

「你出去吧。」母親說。「要回來吃飯喔。」

他提起後腿，跨出門檻。父親並沒有再說什麼，但他也沒有再聽到打鐵的聲音。父親和母親，也許還會吵一場的。忽然間，他想到小時候，曾經用手指去碰觸母親腳上被火星灼傷的地方。那塊石條上面的缺口，也是一種傷口吧。

他想回去，但他的腳好像不聽指揮，一直走往相反的方向。

「哐，哐，哐，哐。」

他快走到堂叔他們的店門口，遠遠地看到店裏只有堂叔一個人在工作。當他們裝上電動鐵鎚的時候，他也來看過。當時，他也希望父親能裝一部，可以省力，母親也不必再做那麼重的工作。但他沒有說出來。他知道他說話不會有什麼結果，同時，他也不敢對父親說那種話。

「哐，哐，哐，哐。」

堂叔他們的店窗，以前經常掛著許多刀、斧、鋤、犁等鐵具，但現在卻是空蕩蕩的。

「哐，哐，哐，哐。」

以前，他對這聲音並沒有什麼感覺，但現在，他忽然覺得那聲音單調而難聽，比父親他們的更加難聽。其實，父親他們的，現在想起來，多少也有一種韻律感。

他繼續走到拐角的地方。那裏有一家棉被店，師傅正在彈著棉花。「叮、叮、叮、叮。」那聲音很柔和，有點像豎琴。他一向很喜歡那聲音。以前，打鐵的聲音使他煩悶的時候，他就會偷偷地跑到棉被店的旁邊來聽那聲音。但今天，他也不大喜歡那種聲音。他找不出理由，也許那種聲音太柔弱了。

他又向前走到關帝廟前。那裏已搭好戲棚，戲還沒上演，但在附近已聚了不少小販，以菜販爲主，也有些賣零食的攤子。

他看到戲棚下圍著一些人。他走過去一看，是那些戲子在化妝。他看到一個十四、五歲的女孩子，臉已扮好了，卻坐在那裏哭著，淚水把已抹好的臉，又弄壞了。

「再哭，打死妳。」一個三、四十歲的戲子大聲說，揚起手來，正要打下去。

「哎喲！」女孩子把身子一閃。

「快去穿衣服。」

「你急什麼，等吃完了飯再穿嗎。」一個三十多歲的女戲子說。

「這死查某囝子，不打她，就蠻皮了。」

昨天，他在戲棚後的帳篷內，看到一個戲子，一邊打扮，一邊掏出奶來餵孩子。她的胸部是那麼的白。他感到整個臉部都紅起來了。今天，他沒有再看到那個戲子。

他繞過戲棚後，來到前面，再走向廟前的走廊。走廊上全是賣零食的攤販，有米粉湯、炒麵、魯肉飯和炸雞捲。

他在十點鐘才吃飯，但現在卻感到有點餓。也許是那種味道太香了。

「只會吃飯和睡覺。」父親一再說他。

他吞下一口口水，再順著街上走了一段路，在路上竟沒有碰到一個熟人。他是在舊鎮出生的，也許連父親都是在舊鎮出生，但街上卻沒有碰到一個熟人。他覺得奇怪。最近，舊鎮發展得很快，以前除了兩條長長的街道以外，四周全是田野。但現在，那些田地已蓋滿了房子，整天出出入入的，全是陌生人。

本來，他是想可以碰到一、兩個同學。國小和國中加起來，也有不少同學，再加上隔壁班和高低班的，數目就更大。他們都到哪裏去了？

他想起今天不是星期天，考取高中和高職的，都上學去了，有的沒有考到理想學校的，或沒有考取的，都去台北的補習班上課，而還有一部分的人不是留在家裏幫忙店務，便是出去當學徒，做小工，也有一部分到附近的工廠去做工。

他想抽煙，拍拍口袋，口袋裏只有一個空煙盒子。不當學生有一個好處，就是抽煙自由一點。

他走進去廟庭，裏面有許多人在燒香。今天可能是關帝廟有什麼祭祝的吧。也有幾個年紀較大的人坐在長板凳上閒聊。他們的年紀，大多比父親大，但也有一、兩位差不多是父親的年齡。

有人在抽煙。他走過去，那個人看了他一下。

「你是打鐵和的小兒子嗎？」

「嗯。」他輕輕點了點頭，又走開。那個人怎麼會認識他呢？他會以爲自己是去向他要香煙的嗎？他不禁感到臉紅。

這時，他感到口渴。嘴裏也苦苦的，喉嚨裏有痰，是抽煙的關係吧。

他想回去，向母親要點錢。母親是會給他的。但他怕見到父親。父親站在火爐前，赤著上身，滿身大汗，頭上戴著竹笠，胳臂和肩膀的肌肉卻高高的隆起。

他想去找個朋友借錢，但朋友也不在。

他覺得肚子漸漸餓起來。十點才吃飯，現在才一點鐘。父親說他只會吃飯。但他的肚子餓是事實，母親還一再叮囑他要回去吃飯。

雖然已是十月天，中午過後的太陽，仍然灼熱異常。有許多小販在賣冰，有的擺攤子，有的用推車，也有的挽著箱子賣冰棒。他感到口渴。

他想去打球。但學校在上課，不能進去。他到一家乒乓店，但裏面也沒有人，只有算球的小姐。上一次那個小姐還會打一點，這一次換了這一個，卻連撿球都不行。他雖然贏了一局，但覺得沒有什麼味道。

他又回到廟前，鑼鼓已開始喧擾起來了。在戲棚下看戲的人，以老人、女人和小孩爲多。

他也在那裏站了片刻。他實在看不懂，但他一直想看剛才那個小女孩。小女孩演的是一個丫鬟，一句話也沒有說，只是偶爾做做手勢，把袖子揚一揚。

他實在看不懂所演的是什麼，也不明白爲什麼會有那麼多的人來看這種戲。但大家似乎看得很有趣，也很愉快。同樣是女人，同樣那種年齡，母親就從來沒有出來看過戲。

他走回到廟口，想回家，但腳卻還是往著相反的方向。

離開廟口約五十公尺的地方，有一家外科醫院。這是鎮上唯一的一家外科醫院。他每次從那前面經過，就要聞到濃烈的藥水味。

他往裏面探頭一看，裏面有幾個人在等候。他看到有個女孩子，很面熟。那不是國中同一屆畢業的林秋菊嗎？林秋菊臉色蒼白，臉龐有點扭曲。她已燙了頭髮，完全是大人的樣子，頭髮有點鬆亂。她是陳金發的「馬子」。她旁邊坐著的，不正是陳金發嗎？以前，他也和陳金發打過球，也一起躲在牆角抽過煙。只有兩、三個月不見，陳的頭髮已留那麼長了，差一點就認不出來。

「怎麼啦？」

「她手指被縫紉機的針戳穿了。」

「醫生呢？

「在裏面替人家開刀。」

「那怎麼辦？」

「只好等一下。」

「你有煙嗎？」

「沒有。」陳金發說，看了林秋菊一眼。

林秋菊兩手放在胸前，一隻手緊緊捏住另一隻手的大拇指，一根鋼針，從大拇指的指甲戳穿過去。她緊綴眉頭，臉頰一直在抽動，她的嘴唇已轉成紫色，天氣雖然很熱，卻在不停地顫抖著。

「不要碰我。」陳金發轉過去攙她，她勉強拉高聲音說。她的聲音雖然無力，卻有一股凌厲的氣勢。

「爲什麼？」

「我不喜歡。」

「秋菊，妳不是說很痛？」

「對，很痛，但這是我自己的事。」

「怎麼了？」有一個中年人，騎了摩托車。「醫生呢？」

「在開刀。」

「沒有催一下？」

「開盲腸，催也沒有辦法。」

「妳也太不小心了。我們工廠，那麼久了，又有那麼多人，從來就沒有發生過這種事。」中年人說，好像在辯解，也好像在指責。

「小姐，還要多久？」金發問掛號小姐。

「快好了。」

「妳已說過一百次了。」

「因爲你已問過一百次了。」掛號小姐笑著說，但在等著的人並沒有人笑。

中年男人掏出香煙抽起來。陳金發和明生都看著他。

「你要抽？」中年人先問金發。

「不。」

明生伸手去接，卻把伸出去的手搖了一下。他看到秋菊正在瞅著他。

她還是用一隻手捏住另外一隻手。一根鋼針戳穿過她的手指，血在淌著。

「不要動。」中年人說。

「秋菊。」

「你不要碰我。」

「對，不要碰她。」中年人立即跟著說。

再過了片刻，醫生推開手術室的門出來。

「怎麼了？」醫生問。

「針戳住了。」

「這沒有什麼，妳進來。」

「我呢？」

「你們都在外面等著。」

「哎喲——」秋菊在裏面叫了兩聲。

「好了。」醫生推開門出來。「這女孩子很勇敢。我們沒有給她上麻藥。」

秋菊跟著出來，手指已包紮好了，臉色更加蒼白，眼角還掛著淚水。

「多少錢？」中年人問了掛號小姐。「以後還要不要來？」

「嗯。再來換一次藥看看。」

「秋菊，我載妳回去。」陳金發趨前說。

「不必了。」秋菊說。

「秋菊，我載妳回去。」中年人付了錢，也跟著出來。

「不用了。」

「沒有關係。」

「謝謝，陳老闆，實在不必客氣。」

但陳老闆堅持要載她，她也沒有再拒絕。

「怎麼了？」明生和陳金發送走秋菊他們，就問金發說。

「我也不知道。剛才還好好的。她還叫他們工廠的小姐打電話給我，我就立即趕過來。我也沒有得罪過她。大概是太痛了。」

「太痛了，更需要人安慰她。」

「我也不明白。」

明生和陳金發分手。他也不知道秋菊為什麼會變成那樣。難道她對金發有什麼不滿？看樣子，是看他進去以後才變化的。為什麼呢？

他記得以前，是國中三年下學期的時候吧，有一次，他和金發在一起遇到了她，她叫金發用功讀一點書。他在背後對金發說，她自己不用功，還叫人用功。金發把這件事告訴她。有一次她碰到他，就對他說：「你們家裏過得去，腦筋也不笨，不用功，卻說我，如果我有能力進高中，我也不會說那種話。我看不起你。」

秋菊還會為這一件事對他生氣？

天色已漸漸轉暗，他的肚子也越來越餓。父親說，不准出去，不然就不要回來。但母親卻叫他一定要回去吃飯，那是中午以前的事。他已兩頓飯沒有吃了。

他想回去，又怕父親。他希望回去的時候，先碰到母親。

他再轉到廟前，廟前依然熱鬧異常。米粉湯、炒麵、炸粿。看了那些香噴噴的食物，他就更感到飢餓難受。他應該忍耐。剛才，秋菊不是忍耐？難道那會比餓肚子好受？

夜戲還沒有開演，但前幾排已有許多板凳和圓凳占了位子，觀眾還是以老人和女人為多。還有些老年人坐在那裏搖著扇子。他想再到戲棚下去看看那個小女孩，但走了幾步，又折回來。

門 檻

他走到街角的棉被店前面，師傅已休息了，燈光很暗，一看裏面，除了一張大板舖，和一支彈弓掛在牆上以外，幾乎沒有什麼別的東西。

他看著家裏的方向。路燈和家燈都已點著了，但那幾家門戶，都很暗淡。在舊鎮，這裏本來就是比較偏遠的地段，房子低矮簡陋，行業也以和農業社會有關的犁具店、石器店、棕蓑店和豆腐店等居多。其中，棕蓑店早已絕跡。三家鐵具店，可說都在勉強維持的局面。代表這些而起的，是摩托車和家庭電器等新興行業。除了這些行業店面比較輝煌之外，一般而言，整條街還是顯得相當昏暗。

他再經過堂叔的店口。電動鐵鎚的聲音已停息，店面也顯得陰暗冷寂。

他又想起父親的話。他還記得，當他雙腳分別跨在門檻內外時，父親說，不准出去，不然就不要回去。

他也記得，他一直看著門檻上的那個缺口。那和留在母親腳上的灼痕一樣，是不會消失的。

門和店窗，都是舊式的木製，稜角已磨損，油漆也已剝落。這也是父親的曾祖父留下來的？

從前，在店窗上，分成上下兩層，掛著各形各式的鐵具。但現在，卻連一把廚房用的刀，也看不見了。

門檻外面，騎樓下，和左右都一樣，都已改鋪水泥地，但門檻裏面，卻依然是老式的泥土地。那上面，以鐵砧爲中心，撒著滿地的鐵屑。

他已走到門前，什麼聲音也聽不見。以前，他並不喜歡那一高一低的鐵鎚聲。但，到今天，他才感覺到電動鐵鎚的聲音，更單調，更難聽。

他知道，只要他不繼承，這個店是遲早要關門的。堂叔的店雖然已裝了電動鐵鎚，也將走同樣的命運吧。

其實，父親也不一定希望他來繼承。父親要勉強撐下去，是因爲年紀大了，不容易更換工作，同時，也還有一些老主顧來找他，還會有一點零星的工作，可以打發空閒的時間。他好像可以看得出來，還有一個主要的理由，父親喜歡這個工作，至少在這時候，對這工作還有一點依戀。

這時，在他面前，浮起父親和母親打鐵的情形，尤其是母親打鐵的姿勢，更是明顯。他也好像聽得到他們在打鐵的聲音。「哐，噹，哐，噹。」

忽然，他覺得那聲音，不但不難聽，反而有點悅耳。

他又感到餓。這時候，他也感到羞慚。這是以前沒有過的。

他想起了秋菊。至少，醫生說她很勇敢。一根鋼針戳穿了手指，她的臉色那麼蒼白，她卻強行忍著。她爲什麼不接受金發的安慰？是因爲她看不起金發，還是因爲她看不起他，而遷怒於金發。

秋菊的確有理由看不起他。在那些日子，他也去新建的社區做過工，挑過磚頭和砂石。他的塊頭相當大，但肩膀卻不受用。他挑了一天的磚頭，就不敢再去了。

父親常常說他是沒有用的東西。父親實在不應該那樣講他。

他走到門口，一想到父親，又轉回去，而後又停下來，站在廊柱旁邊。

「阿生，你媽媽到處在找你，從下午，就一直找不到你。」是隔壁的阿扁嬸。

「趕快回去。」

但他還是站在廊柱旁邊。

「我帶你回去。」

「我再等一下。」

「阿生。」這一次是母親的聲音。母親從關帝廟的方向回來，燈光雖然不很亮，卻可以看到她的頭髮有點鬆亂。母親已是快六十歲的人了，臉上充滿著皺紋，背部也有點佝僂。他實在不敢相信年老的母親，會拿得動那麼重的鐵鎚。

「你還不回去。」母親說，拉著他的手。

他走到門前，看著那門檻，心裏有些害怕。他忽然覺得自己不敢跨越。

母親拉了他一下，他跟著母親進去。店裏沒有燈光，有的只是從內廳露出來的一點微弱的燈光而已。頓時，他感到整個黑暗包圍住了他。

他跟著母親進去。他一跨進門檻，就看到那龐大的火爐。火爐中的火已熄滅，整個火爐看來又深又黑，好像是一隻大怪物的嘴。

他的腳底下，全是鐵屑。平常，父親打鐵完了，都是母親幫忙掃地。但今天，母親一定是忙著在找他。

再進去是大廳。大廳並不大，一張八仙桌，差不多就占了三分之一的空間。父親坐在八仙桌前，一句話也沒有說，眼睛怔怔地看著前面。

「趕快吃飯。」母親好像對他說，也好像是在對父親說。他看桌上一眼，就知道父親還沒有吃。

肚子很餓。他盛了飯，看著父親，先把飯端給父親。父親也沒有說什麼。他再替自己盛了飯。以前，父親還沒有拿起飯碗，他就先動手。但今天，他要等著父親。

父親只吃了一碗飯就下去了。他知道父親的飯量比以前少了。父親說過，現在工作少了，不必出那麼多的力。但一碗飯，總不是父親的飯量。

本來，父親一直希望他們五個兄弟之中，至少有一個能接他的衣缽。但現在，前面的四個，都各有事業，而且在成家之後，都搬了出去，家裏只剩下他這個小兒子。

父親也知道打鐵沒有前途。現在，差不多所有的鐵具，都是用機器製造，除了一些想法比較保守的農人，也很少購買手製品了。另外，舊鎮也一再膨脹，農地已越來越少，也越來越遠，甚至已完全看不到了。還有誰需要農具呢？

現在，父親是不是還希望他能繼承他的事業？這主要是因爲他不想讀書，不然，父親也不會有這種想法的吧。

自他回家以後，父親一句話也沒有說過。這時間，本來是父親看電視的時間，父親卻沒有開電視。

他靜靜地坐在自己的房間裏。關帝廟前的戲已開演了吧。他聽到了鑼鼓的聲音，還用擴音器播出來。

父親說，不讀書，就要做工。

問題是他做工不行，書也沒有讀好。

他想起秋菊。一根鋼針戳穿了秋菊的手指。她的手指細細的，卻不偏不倚地戳著一根鋼針。這就是做工。秋菊都可以做這種事，爲什麼他不能。秋菊拒絕金發是因爲她看不起他嗎？不錯，秋菊曾經直截了當地表示過。他已明白，秋菊爲什麼看不起他。但金發似乎還不明白。

他也想起母親，想起母親揮下大鐵鎚的姿勢。現在母親似乎還可以支撐，但她能永遠那麼強健嗎？

在感覺上，他已失去了父親，他還會失去母親嗎？讀書。也許讀書要比做工簡單一點的吧。不，不一定。但，現在已不是工作的時間。

他拿起一本書，翻一翻，又立即闔起來。每次，他一拿起書，就想睡覺。這時候，他又想起秋菊。他想起秋菊臉部的表情，也想起那一隻插著鋼針的手指。他也想起母親，和母親揮著大鐵鎚的姿勢。

他再拿起書來，卻依然看不下去。

也許，他應該抽一根煙，不，不能抽。以前，他總以爲抽煙可以幫忙他集中精神。但現在，連父親也已把煙戒掉了。

這時，他想到一位姓洪的老師曾經說過，當你看不下書的時候，就從頭再來，從第一頁的第一個字開始，試試你能維持多久。

他把國中的書全部拿了出來，按照課目和冊次整理好。看來，他還讀過不少書，只是沒有真正的讀進去。

數學和英語，是他最感到棘手的。

他拿起第一冊數學，從第一頁的第一個字看下去。第一頁並不難。他立即翻到後面去，不對，他又立即翻回來。他必須一頁一頁翻下去。

不讀書，就要做工。也許，應該說，不做工就要讀書吧。他想著。也許，他更應該說讀書也是一種工作。

想到這裏，他好像有一種感覺。他雖然沒有十分把握，卻好像感覺到他可以讀一點書。他的確有這一種感覺。同時，他也想著，明天，他要早一點起來，他想看看自己是不是可以幫助父親做一點工。也許應該說，代替母親做一點工吧。

——一九八〇年

選自麥田出版《鄭清文短篇小說全集卷三——三腳馬》

7

割墓草的女孩

上午，雨歇了一下，看著就要放晴，但烏雲立即又密罩起來。這場雨，已持續下了六十多天。

小娟吃過午飯，把碗筷收到廚房裏。

「我來洗。」哥哥說。

小娟，腳上還穿著黃色的塑膠雨鞋，在學生服上披上半透明綴著淺紅色小花的塑膠布雨衣，掠掠頭髮，再戴上竹笠。

「哥哥，我出去了。」她說，摸摸胸口的口袋，口袋裏有早上賺到的一百元。

今天是掃墓的日子。自從大前天，星期六的下午以來，就有許多鎮民，利用雨隙，上山掃墓。雨是不容易停歇的。許多人，可說是冒著雨上來的。

下午，雨下得比上午還大。小娟再戴上手套，拿起鐮刀，沿著山邊，走到通往墓地的路口。下午，會不會有人請她割墓草？

哥哥大她兩歲，今年是國中三年級的學生。在七、八年前，父親用摩托車載他到鎮上，發生車禍，父親傷重不治，哥哥也壓傷了脊椎骨的神經，像患了小兒麻痺那樣，雙腳癱瘓。

母親不在家。就是下雨天，母親也每天到鎮上做小工，常常連放假日都沒有休息。

小娟走到路口。下午，雨雖然下得更大，上山的人卻比上午多。上山的人，有的撐傘，也有的穿著雨衣。

她看到迎面來了三個人，每人撐著一把黑色的雨傘。領頭的，年紀有五十歲左右，兩個年紀輕的，應該是他的兒子和女兒，年齡都不到二十歲，還是學生的模樣。他們三個人的衣褲的質料都相當好，年紀大的，還穿著皮鞋。

這些日子，上山的人，大都穿雨鞋或布鞋，穿皮鞋的人很少，大部分是鎮上搬到台北去定居的人吧。

年輕的男孩，手裏還拿著一把鐮刀，很小的一把，連刀刃都沒有磨亮，那種鐮刀，怎麼割草呢？她想著。

「阿伯，要不要割草？」小娟迎上去。

年紀大的，看了她一眼，繼續往前走。

「阿伯，要不要割草？」她略爲提高聲音。

年紀大的，又看了她一眼，依然沒有回答。

「阿伯……」

「妳幾歲？」

「十……十三歲。」她是國中一年級的學生，看來卻比一般的同學矮小一點。

「妳會割？」

「會，我會。」

「草很多喔，全是菅芒。」

「我會，我會割。」

由路口，有一條柏油小路通往墓地的東北角。這條小路只有五、六百公尺長，柏油路的盡頭就是墓地的入口，也就是山坡的起點，雨水匯成幾股混濁的泥水，從山坡流瀉下來。那裏有一座中型的土地公廟，阿康就在那裏等著上墳的人。

「先生，要不要割草？」阿康戴著竹笠，手裏拿著一把又大又銳的鐮刀，瞄了小娟一眼。她看到竹笠底下一對小小的眼睛，和嘴唇上隱約可見的鬍子，阿康已長出鬍子來了。

那個年紀較大的，看了阿康一眼，一樣沒有回答。

阿康插進到大人後面，小娟急忙跟上去。忽然間，阿康回過頭來，推了她一把，她差一點滑倒。

「走開。」阿康瞪著她。他的聲音雖然不高，卻是一種命令，也是一種恐嚇。

上午，小娟曾經割了一座墓的墓草，賺了一百元。

「走開。」

「是我找的，我從路口跟上來的。」

「我不准妳割。」阿康已警告過她好幾次了，他不想割或沒有空割的，才可以讓給她。

「我要……」

她還沒有說完，阿康又推她。山路又陡又滑。她整個人滑倒在地上。她臉朝上，雖然還戴著竹笠，雨還是從上面沖下來。

「你不講理，我不讓你割。」穿皮鞋的中年人忽然停下來，對阿娟說：「妳會割嗎？」

「我會割。」她站起來，雨衣上全是泥水，雨水已跑進眼睛。

「妳給我記住。」阿康對她說，卻沒有走；離開幾步，還在後面跟著。她知道阿康也已看出這些人很可能是從台北來的吧。

那三個人，順著一條腳步踩出來的彎曲的山坡路緩慢上去。路上全是泥濘。上山的人，挑著有草的地方，忽左忽右，一步一步地蹬上去。有時，腳步沒有踩穩，整個人就在半空中晃蕩起來。

小娟跟在三個人後面走到半山腰，地勢比較緩和，就可以看到東邊的山坡上，矗立著一根大煙囪。那根大煙囪實在太大了。有人說，那根煙囪所用的水泥，足夠蓋好幾個村子的房子。母親也一直想進入那工廠工作，卻沒有成功。聽說阿康一到夏天，國中畢業，就要進去那工廠了。另外的人說，那種大工廠，還嫌阿康年紀太小。可是，阿康已長出鬍子了呀。

幾年前，有一家大公司，在墓地東側的山腰，把整個山腹堆平，蓋了一座大工廠，而且還繞過山頂，開闢了一條馬路。

她知道村子裏有許多人想進去那工廠工作。可是，媽媽卻不能進去，哥哥也不能進去，阿康卻可以進去。阿康和哥哥是同學，卻常常笑哥哥，說哥哥只能在地上爬，是一條土龍。阿康還沒進工廠，就會欺負人，她真希望阿康真的不能進去。

「妳走開，不然，等一下我揍妳。」

昨天，他就揍過她。也是因爲他想搶她的工作，她不肯讓。他抓住她的頭髮，揍了她的臉。昨天不是假日，又是下雨天，上山的人本來就不多，而且有大部分的人都是自己割，她好不容易找了一個要割草的人，從路口一直跟上來，他卻擋在土地公廟前面，硬想搶走。她說了一聲不要臉，他就當著別人面前揍了她。那個人不但沒有責備阿康，還讓阿康割了草。她越想越氣，也越想越傷心。昨天，她一個錢都沒有賺到。

她有點怕，但她不能讓給他。她看著那男孩拿著那種小鐮刀，就知道他們一定要請人割草。今年的掃墓季節，她到上午才找到一件工作，她不能讓給他。

她跟在三個人的後面。那大人的皮鞋，已全部沾上了泥巴，褲管也濕了大半截。其他兩人的情況更差。那女孩子，至少已滑倒了兩次。

他們走過較緩和的山坡，而後再往上爬。阿康依然跟在她的後面，那根大煙囪好像就在眼前。

大人先停下來，把四周打量一下，看看遠近的目標。

「應該在這附近。」大人說，好像是對他自己說的。這場雨下了那麼久，山上的草木都格外的茂盛，也格外的蒼翠，一叢一叢的菅芒，把許多墳墓整個掩蓋住了。

「你們也一起找。」大人指揮兩個子女說。

「什麼名字？是不是這一個？」阿康問。

沒有人回答他。但是，阿康看到大人的視線落在什麼地方，就奔跳過去，撥開菅芒尋找起來。

小娟很擔心，萬一阿康先找到，人家會不會讓他割？她也不知名字，卻只好學著阿康，撥開墓草找著。

他們找了幾分鐘，還是大人在一堆菅芒叢中找到了一個墓碑。菅芒又高又密，

實在不容易看出來裏面還藏有一個墓碑。

「唉，長了這麼多的菅芒，一年比一年多，真沒有辦法。」大人嘆了一口氣，而後轉向小娟：「妳真的能割？」

「我能。」小娟看了覆蓋整個墳墓的菅芒。她有點怕，卻又不能不立即回答。

「我能割，割得比她好，比她快。」阿康說，一蹲下身就動手割起來了。

「你等一下，我要她割割看。」

「她不行。」

「妳一個人能割？」

「讓我和她一起割？」

「不行，你剛才爲什麼推她？」

「妳告訴他，我們一起割。」

「你昨天打我。」

「妳說，趕快說，說我們一起割。」

「你不要再說了。她一個人割，她不能割，我就找別人。」

阿康悻悻然站了起來，走了幾步，轉頭再瞪了小娟一眼。

「妳真的能夠？」

「我能。」

小娟彎下腰，踩穩了腳，用力割著。雨還是不停地下。菅芒又高又密，比她的身子還要高。也許是因爲雨水太足，葉子又青翠又鋒銳。她雖然戴著手套，還是有點怕。菅芒的葉尖，有時還拂到她的臉部。

工作相當順利，她實在沒有想到自己割得這麼好。她把一大把一大把的菅草攏起來，往路上泥水較多的地方鋪，她看到大人輕輕地點著頭。雖然雨還不停地下著，她的臉和脖子都流著汗。

「你們也一起割。」大人命令自己的兩個孩子說，「她比你們兩個都小呢。」

這一句話，使小娟感到力量。她割得更起勁，也更賣力。又過了一、二十分鐘，她已把墓上和墓前的菅芒割開，才發現墓庭有一大堆泥巴。那是從旁邊的墳墓挖出來的。她早就看到斜前面，有個墳墓已挖開，只留下一個剛好可以容納棺材的長方形的墓坑。拾骨的人真缺德，竟把棺材裏的東西，丟到人家的墓庭來。

她站起來，望著那東西，而後轉頭看了看大人。這時，她感覺到有什麼東西從上面壓下來。

那是工廠的大煙囪，那麼近，那麼高大，在雨中還是那麼清楚。她有點怕，好像那個煙囪就要倒下來，壓在她身上。

「把它清掉。」

那一堆深褐色像泥土的，是什麼東西？她知道那是從棺材裏挖出來的。她不怕菅芒，不怕黑夜。聽說墓地裏有鬼火。她沒有看過，就是真的有她也不怕。可是她怕從棺材裏挖出來的東西。聽人說，以前有個鄰居，不小心踩進墓窟，一條腿一直糜爛，連骨頭都露出來了。

她用鐮刀輕戳一下，軟軟的，像泥土，但是那感覺，完全和泥土不一樣，她再往旁邊看。有幾塊碎布，是死人穿過的衣服。也有皮鞋，是女人的皮鞋，她楞楞地看著。那一堆，會不會是死人的肉？她曾經聽說過，有些死人，在拾骨時，肉還沒有完全爛掉，拾骨的人，還用小刀把肉刻下來。不然，會不會是墊死人的庫錢？爸爸死的時候，棺材裏也墊了不少庫錢，聽說是用以吸收死人爛掉時化成的污水。

「清掉。」

那人的聲音並不大。但是對她而言，卻來得太突然。在她的感覺，就像是雷公的聲音。

對了，這是她的工作。不但要割墓草，還要清理墓庭。她看著那一堆深褐色的東西。她沒有鏟子或鋤頭一類的工具。鐮刀無法做這種工作，唯一的辦法就是用手把它捧掉。

她脫下手套，手套是舊的，而且已很髒，但是她不能用手套去碰那東西。她用雙手捧著，她的胸口在騷動。她不怕菅芒割手，也不怕阿康威脅她。但是這一堆，軟軟黏黏的東西，一定和死人的血肉有關係的。她不敢呼吸，用小小的手，一把一把地捧著，然後丟進空墓坑。她想急，卻急不了。她捧太大堆，就從她的手邊滑下去。

雨還在下。雨水滴在手中，她怕髒水濺到雨衣，把手盡量伸出。那東西一直往下滑。

以前，不管什麼事，只要做過一次，第二次就很容易，只有這工作，她怎麼也不習慣。她無法忘掉。她把墓庭的那一堆東西清理掉之後，立即伸出手，在雨中搓洗。她手上髒污的東西已洗掉了，但是她總覺得還沾著什麼，怎麼洗也洗不淨。她的手會不會爛掉？她再把手掌上下翻轉，而後又用力搓了起來。

「可以了。」大人說。「這給妳。」

她看到，在她眼前的，竟是一張五百元，而且是新的鈔票。她雖然看過五百元的鈔票，也拿過。但這一張是她賺到的。她以為對方可能會給兩百元，最多三百元。五百元，就是媽媽出去做整天的工作，也賺不到五百元的呀。

她用手指尖夾住鈔票，收在雨衣下的學生服的口袋中。她往四周看看，她只看到那根大煙囪，阿康已不在，也沒有其他認識的人。阿康如看到她只割一門墓草就賺了五百元，一定會來分錢。她想著，再偷偷地摸了一下胸口的口袋。

「妳不再去找工作？」

「你們還有沒有要割的？」她說，忽然感覺到自己說錯了話。

「另外還有一門，我們自己會割。」

「謝謝。」她望著那個人，小聲說。她說得很小聲，但是她心裏卻充滿著感激，她感覺到眼睛有點熱。

這時候，她感到那煙囪雖然那麼大，卻沒有剛才那種壓下來的感覺。她仰頭再看看那煙囪，而後背著它，順著原來的路下去。也許，運氣好的話，她可以再找到一次工作。

但是，上山的人卻越來越少，下山的人越來越多。這以後，她兩次再跟人上山，卻沒有成功。她知道大家都嫌她太小。但是她很高興，也很滿足。今天她一共賺了六百元。她沒有賺過這麼多的錢，以後也非常不容易再有這種成績。這個數目，比媽媽一天的工資還要多，就是爸爸還在，也不容易賺到這個數目。她也知道，以後還有一段很長的時間，還要靠母親微薄的工資來維持家計。但是今天，她卻賺了六百元。上次，哥哥曾經告訴過她，想買一本參考書，卻不好意思向媽媽開口。這一次，只要媽媽不反對，她就可以爲哥哥買參考書，說不定兩年以後，她自己也可以用到。

下雨天，天黑得比較快。可能不會有人再上山了。應該回去了。媽媽可能還沒回來，她還可以先把飯煮好。

她家裏沒有田，沒有地，也沒有房子。媽媽不知說過多少次了，想在山下訂一家小公寓，卻一直無法實現。她知道六百元，對買房子不會有所幫助，但是她還是很快活。

她走到路口，掃好墓的人往下，她往相反的方向，沿著山的邊緣，往上走。

「等一下。」

雨還在下。她差不多走了二、三十公尺，有人從後面過來。她回頭一看，是阿康。她不加理會，繼續往前走。

「等一下。」阿康抓住她。

「什麼事？」

「妳要分我。」

「什麼？」

「割墓草的錢。」

「你沒有割。」

「我有割。」

「人家不讓你割。」這一次，她很小心，沒有說他不要臉。

「我有割。」

「那不能算。」不，不能分給他，她在心裏叫著。一給他，以後他只要隨便割一下，就會再來分錢。

「分不分？」阿康拉住她的衣領。她又看到阿康的鬍子。鬍子很細，卻可以清楚地看得到。

「你沒有割。」

「他們給妳多少錢？三百？兩百？總有兩百吧？」

不管多少錢，不能給。他搶她的工作，還打她，還要分錢。就是再打她，她也不能給。

「分我一百。」

「不行。」

「那就五十。」

「不行。」

「五十也不行？」

「你沒有割。」

突然，阿康揮手，打了她的側臉。她略為閃了一下，打得不重，不過已把她的竹笠打了下來，雨還在下著。

昨天，他也打過她。他打到她的牙齒，牙齒流出血來。她用舌頭去舔，鹹鹹的，有點腥味。這次，他又打她，同樣的地方，他喜歡打那種地方。她再用舌頭去舔，好像有那種味道，也好像沒有。

阿康是哥哥的同學，但是哥哥無法保護她。他不是哥哥的朋友，他看不起哥哥。哥哥曾經說過，阿康常常笑他，說他是土龍，不能到工廠去工作。

阿康又打了她一下，還露出牙齒笑著，又是同一個地方。他把她的牙齒都快打斷了，卻還笑得出來，她又用舌頭去舔舔。

「妳給不給？五十元就好。」

「不。」她握緊鐮刀。

「呵，妳有鐮刀？妳想殺我？鐮刀，我也有，比妳的大，也比妳的銳。」阿康說，略蹲下身，擺出一個架式，同時把手裏的鐮刀亮了一下。

小娟一看，轉身就要走。

「要不要給？五十元就好。」

阿康很固執。只要五十元，給他算了。她想，但是立即又想回來，一年才有一次清明。她只是個小女孩，不容易贏得人家的信任。而且，今年又一直下雨，下了那麼久的雨。而且，她身上只有一張五百元和一張一百元。如果阿康知道那個人給了她五百元，他一定不肯只拿五十元的吧。五十元不就可以爲哥哥買參考書？

「我告訴你爸爸。」

阿康聽她說要告訴他爸爸，遲疑了一下，而後，突然撲向她。

「妳敢？」

「我認識他，我媽媽也認識他。」

「我幫妳割墓草，妳不給錢。」

「你沒有割。」

「有，我有割，妳自己也看到。」

「人家不讓你割，你自己知道。」

「不要囉嗦，錢給我。」阿康伸手去摸她的口袋。學生服的口袋，緊貼著胸部。她的胸部已脹起來了。阿康雖然還戴著手套，她卻感覺阿康的手已碰到她的胸部，她連忙用手護住。

「給不給？」阿康脫下手套。看來！他是非要到不可了。現在，上坡的這邊路上已沒有人影。她不知道阿康將做出什麼事，但她知道她必須靠自己的力量來保護自己。

「給我。」

「不行。」

「給我。」

他又伸手過來，她用雙手抱住胸口。他又抓住她的手，用力扳開。他的手伸向她的胸前。突然，她用力抓住他的一隻手，抓住一根手指，俯下頭，猛咬下去。

「哼，妳咬我。」他想把手縮回，她卻抓得更緊，她的牙齒還一直咬著。

他的另一隻手，緊抓住她的頭髮，前後搖撼著。她感到頭在旋轉，她第一次經驗到拔頭髮的感覺。

「不能放，不能放。」她在心裏叫著，而後，更用力地咬著、咬著。她知道一放鬆就要輸掉。

「哎喲！」

不管如何，不能放，她想，咬下去、咬下去。這是唯一的一條路。

「哎喲！」他想用力拉回手。但是她只管兩手抱住他的手，拚命地咬。

「妳咬斷我的手指了，妳咬斷我的手指了。」他已放開抓住她頭髮的手，人已蹲了下去。

但是她還是不能放鬆。

「哎喲！」阿康的聲音，變得更低更弱。他整個人都坐到路上了。雨還在下著，地上全是水。

「妳，妳咬斷我的手指了。」

這時，她才明白過來，把手和牙齒都放開。阿康用另外一隻手抓住受傷的手，人還坐在地上。她會真的咬斷他的手指？她只感到嘴裏有那種鹹鹹的腥味，那是血。昨天，他打到她的牙齒，就有這感覺，那是血的味道。今天，他又打到她的牙齒，她又流血了。

但是，忽然間，她感到嘴裏的也許是阿康的血。她真的把阿康的手指咬斷了？

「阿康，我不是故意的，我不是故意的。」她差一點哭出來。

但是阿康還是坐在地上，一隻抓住另外一隻手。整個臉都皺成一團，臉色慘白。

「阿康，你要不要去找醫生？」

也許是聽到她說出了醫生兩字，阿康突然翻上眼看了她一下，而後掙扎著站起來，開始往山下的方向跑過去。開始，他跑得很慢，有點搖晃，但越跑越快。

她嘴裏還有那種鹹鹹的腥味。那是她的牙齒的血？還是阿康的手指的血？她把口水吐掉。她的嘴裏不但有血，還有小砂粒。小砂粒在牙縫裏，她用牙齒還可以咬到。她又把口水吐出來。那些小砂粒是沾在阿康手指上的吧。

她想到下午所割的那一門風水，還有用手去捧的那堆軟軟的黑色的東西。她意識到手上還有碰到那東西的感覺。那會是什麼東西？聽說，人死了之後，會爛成一攤血水。那黑色的東西，不管是什麼，一定是用死人的血水泡過的。阿康的手，是不是也碰過那種東西？

「嘔。」她忽然感到整個胃部都快要翻出來了。

雨在上面滴下來。她拿起掉在地上的竹笠，卻不急於戴上，她的頭髮已全濕了。

「嘔。」她用力壓住胸口，她碰到了錢。今天，她賺了六百元，還咬斷了阿康的手指。她真的咬斷了阿康的手指？

「嘔。」她再用力壓住胸口。黃昏已近，天色變得很快。她望著阿康跑下去的路，遠處還有人影，那些是掃好墓要回去的人，但她已看不到阿康。

——一九八三年

選自麥田出版《鄭清文短篇小說全集卷四——最後的紳士》

8

貓

1

偉成蹲在餐廳的一角，雙腿之間，抓住一隻白色摻有黑色大斑點的貓，用手輕撫著牠的皮毛。

下午六點多鐘，餐廳裏，一排一排的壓克力桌椅，已坐了不少人。有三個女店員，穿梭其間，招呼著客人。

「排骨麵一碗！」

以前，偉成也曾經在餐廳裏幫過忙，和女店員一起喊叫著，和她們一起端過麵、飯。這要比上補習班有趣得多。只是母親不贊成他到餐廳來工作。

「你去讀書，你只要讀書，其他的事你都不必管。」母親對他說。

三個店員當中，秀枝最小，也是剛來不久，還沒有學會塗口紅的習慣。最大的是寶華。寶華說要教她，教她塗淡一點的，很好看。她沒有答應。

偉成的背後，整齊地堆著一箱一箱的汽水、沙士和果汁。他一直蹲在那裏，輕輕地撫摸著貓的身體。以前，他撫摸牠的時候，牠會高高地豎起尾巴，身體輕磨著他的腳部，但是現在，牠卻整天細瞇著眼睛，靜靜地蹲著。有時，他手上也會沾上幾根貓毛。他看著地上、地板上也已掉了不少毛。在屋子裏，整天吹著冷氣，是不是連貓也變得比較會掉毛呢？

有時，偉成也會停一下手，輕抬起眼皮，去看秀枝一眼。秀枝和其他兩名店員一樣，穿著白襯衣和深藍色裙子。那是母親做給她們的，也算是制服吧。因爲在室內，秀枝的腳步並不大，卻動得很快。他喜歡看她走路的樣子。

餐廳裏，有冷氣機的聲音，有碗盤碰撞的聲音，有人的談話聲，也有音響放出來的音樂聲。是「空中補給」的熱鬧的歌聲。以前，這些聲音，很容易使他感到刺耳和心煩。現在他卻覺得，這樣子，反而可以不必開口了。

對多數的人而言，吃東西該是最快樂的時候吧。他看到，有人吃得很急，邊吹邊吃，有人慢慢地吃著，好像在數著麵條的數目一般。所有的人都吃得那麼專心，只是他，一點也不感到餓。

偉成撫摸著貓。手指全是皮毛輕柔的感覺。或許牠吃得太胖了，連骨頭都不容易摸到。他也撫摸著貓的額頭、耳朵、脖子和腹部。貓好像不喜歡人去撫牠的鬍鬚。聽說，那是最敏感的地方。他也撫摸牠的腰身和四肢。他撫摸牠的時候，牠一直靜靜地蹲著。

母親常常說，那是一隻養尊處優的貓。只會吃，吃得好，整天吃得飽飽的，連玩都懶得玩，哪還會捉老鼠？或許，老鼠從牠旁邊走過，牠都不會去理牠的。聽說，現在很多貓都是這樣的。有時，他會覺得，母親好像在暗指著他。實際上，有些地方，他倒很像牠。以前，牠喜歡爬高爬低，也喜歡叫。看到人會叫，人不在也叫。可是現在，牠連叫都不喜歡叫了。他也不喜歡說話。也許，牠有東西吃，不想叫；而他呢？

母親坐在櫃枱後，由下面望過去，只能看到她的上身。櫃枱是特地墊高起來的。這樣子，坐在上面，就可以清楚地看到整個餐廳的動態。櫃枱前放著與一盞枱燈，和一疊找錢用的紙盤子。

母親已是四十多歲了，穿著入時，頭髮剪得短短的，看起來，只不過三十出頭的樣子。母親是喜歡人家說她年輕的。

他知道，母親只有一個希望，只希望他讀書，考大學。他已參加過兩次聯考了，這是第三次。這一次，如果考不上，就要去當兵了。可是，他每次拿起書本，尤其是數學，就會感到頭痛。本來，他自己也不相信。母親當然更不會相信。後來，她看他是真的痛了，也帶他去看醫生。醫生說，現在，這種病例很多，都是無法找到生理上的原因的。

他自己知道，這有一半是和立美的死有關。兩年多之前，立美因車禍死亡。那時，他和立美都已是高三的學生了。

那是十二月下旬的一天，立美從學校下課回家，天已暗了，燈光也不足，她和幾個同學到那一家私營公車的起站搭車，公車在倒退的時候，把她撞倒，卻又來回地倒車，活活把她輾死。她的同學說，那是故意的。

「死了比受傷好辦。」聽說，現在有很多開車的人都是這樣想的。

他和立美交往的事，母親似乎不知道。立美的家人似乎也不知道。

「只要你把書讀好！」母親一再地說。

他抬頭看看母親，母親似乎沒有注意到他。但是，他知道，母親坐在上面，是把他看得一清二楚的。

秀枝又走到他的面前來。他又看了她一眼。不知道母親是否已注意到了。

這三個女店員都是由鄉下請來的。秀枝最年輕，也最不喜歡打扮。秀枝身材不高，還留著清湯掛麵的頭髮，看起來有點像當時的立美。

放在窗邊的音響，一直喧鬧地響著。音響上，有一排紅色箭頭的燈光，隨著聲音大小和緩急，來回閃爍著。

有客人站起來，走到櫃枱。母親在櫃枱收錢。又有人進來，進來的是一對年輕的男女。

「請坐！」母親喊著。

這是一家以排骨麵聞名的餐廳，生意相當興隆。

秀枝走到客人旁邊。

「請問吃什麼？」

說個「請」字，是母親規定的。

2

餐廳一打烊，寶華就邀偉成去看電影。那是最後一場的夜戲。以前，母親看他一個人，整天抱著一隻貓，怎麼也不想出門，她不但不反對，有時反而慫恿寶華她們邀他出去。但是，這一次，母親並不贊成。母親說，聯考已漸漸逼近了，說他就是讀不下書，至少也要碰碰書本，至少也要坐在書桌前。

寶華她們走了以後，他就一直找不到貓，有時，他會覺得貓就在身邊，貓就在眼前，但是，真正定睛看，或伸手去摸，卻什麼都沒有。這種事情，已發生過不止一次了。最近，他時常有一種感覺，貓不在身邊，他就無法定下心來。

差不多十點鐘，他上二樓去找牠。實際上，這也只能算是個閣樓。這附近的房子，都是舊式的房子，雖然不是違章建築，有幾家卻一直沒有改建，都是平房上面多了一層閣樓的那一種。

閣樓的地板上，放著許多餐廳的用具，和已報廢的桌椅，看起來很凌亂，還常有老鼠出現。母親讓他養貓，也是這個原因。只是，這隻貓是從來不捉老鼠的。

母親叫人在閣樓的一角打了個通鋪，做爲寶華她們三個女店員的臥房，上面點了一個小燈泡，他看到秀枝一個人躺在通鋪上，才知道只有寶華和貴玲兩個人出去。

秀枝靜靜地躺著，似乎沒有注意到他。她穿著白色的襯衣裙，直直地躺著，連被單都沒有蓋，秀枝是不是已睡著了？他在心裏問著。

閣樓上面非常悶熱。通鋪上放著一只電扇，開著最小的風，慢慢地轉著。電扇是舊的，聲音很大，看來，似乎在趕蚊子，並不是在吹涼。

他躡腳走過去。秀枝有點像立美。

立美死了之後，他曾經去殯儀館看了兩次。第一次，他看到立美閉著眼睛，直直地躺著，就像現在這個樣子。

他一直看著秀枝。秀枝，越看越像立美。他蹲下身子，想伸手去摸她的臉頰，像他撫摸貓的身體一般，但是，他不敢。

約莫經過了五分鐘。

「誰？」秀枝慢慢睜開眼睛，一看到他，突然翻身坐了起來。

「是我，秀枝。妳有沒有看到我的貓？」

「沒有啊！」

秀枝只看了他一眼，就放低了頭。她用手，把襯裙拉了一下。這時，他才注意到她沒有穿奶罩，透過襯衣裙，隱約可以看到她的胸部的輪廓。

秀枝的頭髮還很短，像高中生。當時，立美也是這個樣子。

立美死了之後，他去殯儀館看了她兩次。一次，她穿著衣服，是放在存屍櫃裏的。第二次，爲了化妝，他們還在替她洗刷，用刷子洗刷著她的身體。他看了幾具屍體，都光裸著身體，都那麼白。他不知道哪一具是她，他也不敢注視著屍體。他實在不敢相信，其中一具，就是立美。

貓是不洗澡的。他沒有養過狗，卻看人家在替狗洗澡。實際上，那些人在替屍體洗刷時，並沒有把他們當做是人，甚至也沒有把他們當做狗或貓一類的活物看待。他們只是把他們當做一件物體處理的，就像洗碗盤那樣。他立即退了出來，奔著回家。

他回家，躲在房間裏大哭。

偉成和立美是在高二那一年認識的。他們都到一家補習班補習數學。認識一年多，他只拉過她的手。有一次，他們手拉著手走到人少、又比較黑暗的地方時，他忽然想吻她，像西洋電影那樣。她輕輕地閃開，對他說，他們要一起努力，一起考上大學之後，她一定會讓他那樣做的。

沒有想到，不久，立美就因車禍死掉了。她死得那麼突然，連說一句再見都沒有。

自從他第二次從殯儀館回來，他就知道立美是永遠地走了。她再也不屬於他，再也不屬於這個世界了，雖然，他不願意相信。

他看著秀枝。秀枝的頭髮，秀枝的嘴，都像立美。尤其是她工作、穿著制服的時候。

他靠過去，伸手拉了秀枝的手。她眼睛眨了眨，看了他一眼，又把視線放低。他把她的手輕輕地拉過來，然後，伸手去摸她的臉。

「你做什麼？」秀枝的聲音不高，卻有點尖銳。

他把手縮回來，眼淚也掉了下來。

「偉成，我，我不是，我，怕……」秀枝支支吾吾地說。

他也看到秀枝的眼睛，她的臉有點紅起來。

「喵！」

他忽然間聽到了貓的叫聲，貓在屋頂上叫著。

3

深夜，偉成一直睡不著。

貓在屋頂上亂叫，一下長、一下短，有點淒厲，像嬰兒的哭聲。聽來，好像不是一隻吧。也許兩隻，也許還不止。牠們是在爭地盤？也許，這就叫做叫春吧。那聲音，教他心煩，教他心臟亂跳。

他的貓，也在上面吧。他在底下，什麼都看不到。他順著樓梯，上閣樓。從閣樓，可以看到屋頂的一角。

屋頂上的光線不足。一隻，兩隻。他勉強可以看到兩隻貓，各據一角，擺著姿勢，不停地叫著，兩對眼睛，像綠色的小燈泡，一閃一閃的。

他看著閣樓。閣樓上只開著那一盞小燈泡，可以看到三個女店員睡通鋪上。兩個向內，一個向外，都略微蹺曲著身體。向外的那一個，也是最外面的，是寶華。

寶華動了一下，轉過頭去。不一下子，又把整個身子轉了過來。

忽然間，他看到寶華撐著身體起來了，望著他這邊，眨了眨眼睛。

寶華把腳步踩穩，又回頭看看其他的兩個人，向他走了過來。

「你來找秀枝，對不對？」寶華壓低聲音說。

「沒有呀！」

「騙人！」

「真的沒有。」

「你弄了秀枝……」

「什麼？」

「你弄了秀枝……」

「沒有呀！」

「小聲一點。」

「我在找貓！」

「我看到秀枝在哭。」

「我什麼都沒有做呀！」

他看著寶華。寶華也穿著白色的襯衣裙。平時，他看到寶華，都有塗口紅，現在口紅已掉落，嘴唇看來那麼蒼白，一點血色也沒有。那樣子，很像立美。立美死的時候，嘴唇就是這種顏色。

偉成一直看著她的臉。

「你坐下去一點。」寶華指著樓梯口說。

兩個人，並肩坐在樓梯口。偉成又轉頭看了寶華一眼。她的臉色，尤其是嘴唇，真的像立美死的時候一般。

「你真的沒有摸過秀枝？」

「真的沒有。」

「你拉過她的手，對不對？」

「嗯。」

「你看，我的皮膚是不是很白？比秀枝的白？」

寶華把手臂伸過來，把衣袖略微往上拉。她的皮膚，的確比秀枝的白。最近，才知道寶華還少他一歲。這實在很難相信。

他只是瞄了一眼，也沒有回答她。

忽然，她伸手拉了他的手。她的手，軟軟的，濕濕的。立美的手，好像不是這種感覺。他記得，立美的手，也是軟軟的，卻是乾乾的。也許，也有一點濕，他已有點記不清楚了。

他怔了一下，想縮手回來，卻沒有。

「篤，篤，篤。」

他聽到貓跑過屋瓦上的聲音。本來，他以爲貓跑路是沒有聲音的。是因爲屋瓦的關係？

「這一次，你考哪一組？」

「丁組。」

「還是丁組？」

「嗯。」

「這一次，你會很有把握的吧。」

「沒有。」他一直回答得很短。他自己也有感覺，越來越不想說話。

她說話時，身子往他那邊略微傾過來，肩膀輕輕靠在他的肩膀。

「你真的沒有和秀枝……」

「沒有。」

「沒有騙我？」

「沒有。」

忽然間，她拉了他的手，放在自己的胸部。也許天氣太熱，她和秀枝一樣，在上面，都沒有穿胸罩。這時，他清楚地感覺到，這是和貓的身體有所不同的。

「不要怕。」

「……」

「你一定會考取的。」

「……」

貓在屋頂上追逐了一番，又停下來，發出嬰兒的哭聲，猛叫著。

4

偉成蹲在餐廳的一角，雙腿之間按著他的貓，用手撫摸著。不一下子，貓又悄悄地從他的手中溜走。有時候，他也沒有感覺出來，手還保持著抓住貓的姿勢。

他只茫然地望著三個新來的女店員在那裏走動、叫喊。有時候，他忘掉他的貓已溜走，手往下一摸，卻摸了個空，他的心就猛然悸動一下。

半個多月前，母親已把寶華、貴玲和秀枝三個人統統辭掉。母親把沒有到期的薪水補足，另外各人再加付一個月的薪水。寶華哭了，不過，她臨走的時候，偷偷地對偉成說，她會找機會來看他。

貴玲也哭了。她說，她什麼也沒有做，什麼也不知道，卻連她都被趕走，實在太過分了。秀枝也哭了，她卻默默地哭著，什麼也沒有說。這三個女孩子，他如果想再見面的，應該是秀枝。秀枝和立美最像。但是，他覺得，一輩子，恐怕再也見不到秀枝了。

她們三個被辭掉的原因，是因爲母親發現他經常去閣樓。自從他碰到了寶華的身體後，有時間，他就會想再去碰她。但是，他很怕她。

他也想過，如果有可能，他想碰的應該是秀枝吧。他覺得，秀枝更像立美。不過，他不知道秀枝會不會接受他。就是會，他也不敢真正地去碰她的吧。

她們三個走了之後，在新的店員還沒有來之前，他曾經一個人偷偷地跑到閣樓，去躺在她們三個人躺過的通鋪上。他好像還記得她們睡覺的姿勢。他好像還可以聞到她們的體香，還可以感覺到她們的體溫。但是，他也聞到一點霉味。太快了，人只走了幾天，就可以聞到霉味了。

實際上，他並不一定想去碰秀枝她們。他只覺得她們會教他想起了立美而已。她們走了之後，寶華還邀他出去過一次。那一次，她很留意地打扮了自己，但是，她燙過的頭髮，尤其是塗著口紅的嘴唇，使他感到陌生。

她們三個人走了之後，母親又請了三個新的店員來。也是從鄉下請來的。她們穿著同樣的制服，而且都和秀枝一樣，留著短髮，也都沒有塗口紅。但是，對他而言，似乎是不相同的。她們都有名字，他都沒有記起來。

那三個新來的女店員住進閣樓之後，母親就乾脆禁止他上閣樓去。

秀枝她們走了之後，他去參加聯考。數學不說，他連英文都沒有考好。考卷發下來，他一看，連一題都不會做。他感到頭暈。後來，頭暈轉變成頭痛。這是和以前一樣的。他勉強答了一些小題目。

但是，他萬萬沒有想到英文也一樣。本來，他還希望，數學考不好，只要不考零分，可以用其他的科目來彌補，這一次，連這個希望也沒有了。

他考完以後，寶華曾經打電話過來。那是叫她的一個同學代打的。聽說，她自己也曾經打過幾次，是母親接的，每次都被母親罵了一頓。他倒是希望秀枝能打電話給他。寶華約他出去，她說她好想念他。他沒有應約。

她還問他現在做什麼。他說，他的貓又回來了。那是一隻母貓，現在已懷孕了。

自他的貓回來以後，他還是和以前一樣，時常蹲在餐廳裏，抱著牠，撫摸著牠。

母親也有點變了。她再也不叫他讀書了，因爲聯考已過了。實際上，她也問過他聯考的情形，他什麼也沒有回答。這時候，他有一種感覺，他實在不想和任何人說任何話。她也不再逼問他，這也是和以前不同的。

他也不再像以前那樣經常注視三個新來的女孩子，雖然她們還是穿著同樣款式和顏色的制服，在餐廳裏走來走去。

音響依然在響著，同樣閃著紅色的燈光，只是沒有貓蹲在他的雙腿之間了。

有一天晚上十點多，忽然有個新來的女孩子從閣樓跑下來，興奮地對母親說：

「阿姆，貓生小貓了。」

「嗯？」

「小貓亂可愛的！」新來的女孩子再加了一句。

——一九八六年

選自麥田出版《鄭清文短篇小說全集卷五——秋夜》

9

紙青蛙

陳明祥穿上黃色的塑膠雨衣，和黃色的塑膠雨鞋，跨出了門檻。外面正下著雨，雨雖然不大，卻一直沒有停歇。

陳明祥沿著山坡，踩著斷斷續續鋪著大石頭當石階的小路下去。小路的盡頭，是國立大學的校園，是一條寬大的柏油路。那裡是大學的後山，這一條柏油路叫環山路。

哥哥曾經說過，每逢下大雨，環山路上會出現許多青蛙。

他不喜歡青蛙。他不喜歡那種軟軟、黏黏的感覺。

上禮拜，上生物課的時候，大家正在解剖青蛙，他感到很不舒服，就昏過去了。

他們四個人一組，先用麻醉藥把青蛙迷昏，再拿刀來解剖。他只是遠遠的站著。有一個同學，拿了青蛙在他眼前晃了幾下，他就昏過去了。

大家都笑他，說他比女孩子還膽小，是個膽小鬼。

生物老師姓王，是一位剛從師大畢業的女老師。王老師安慰他說，有人怕蟑螂，有人怕老鼠，也有人怕青蛙。這是一種心理現象，不是膽小鬼。當然，王老師也有意提醒大家，不要隨便惡作劇。但是，大家還是笑他。

陳明祥很喜歡生物課，他的成績也不錯。他也很喜歡王老師。他喜歡她說話的聲音，喜歡她說話時，露出白白的有一顆虎牙的牙齒。他也喜歡她那長長的頭髮，轉身的時候，輕輕的甩動。有一次，他在寫作業，王老師走到他身邊，俯身看他的簿子，她頭髮垂下來，輕輕搔著他的臉頰和脖子，有點癢癢的。他也聞到了她身上幽微的香味。

下一堂課，在下課之前，王老師用透明的玻璃紙包了一隻摺好的青蛙給他。那是用綠色的色紙摺成的。那隻青蛙並不大，摺得很別致。老師把它放在桌上，他眼睜睜的看著，不敢去碰它。

下課的時候，老師還沒有走到門口，坐在旁邊的張正仁一伸手就把青蛙抓走了。一下子，幾乎全班的同學都趕過來搶那隻紙青蛙。

王老師又走回來。

「林敏忠，拿過來給我。」

紙青蛙已被捏縐了，王老師用手把它撫平，叫陳明祥拿出一本書，把它夾好，叫他收到書包裡。

那一天，大家都要來看王老師做給他的紙青蛙。他只是不肯。爲了保護紙青蛙，他連廁所都不敢去。

「紙青蛙」「紙青蛙」，同學們開始哄笑他。

他回到家裡，把書包放好，取出那一本書，翻閱夾著玻璃紙的地方。綠色的紙青蛙還在裡面，不過玻璃紙和紙青蛙都還是縐縐的。

他又看著紙青蛙。他知道那是用色紙做的，而且是包在玻璃紙裡面的。王老師為什麼要送紙青蛙給他？

他知道王老師很疼他。他伸手去碰它，但是還是有一點不自在。他又想起了王老師的頭髮，輕搔著他的臉頰和脖子的感覺。還有她身上的香味。那是自然的香味？還是香水的味道？

他拿了一支鉛筆去碰觸一下，而後把玻璃紙挑開。青蛙是用色紙摺成的。平常，他也用色紙摺船、摺飛機。為什麼摺成青蛙，他就怕？

那隻青蛙，縐縐的，看來有點歪歪斜斜的。

那是王老師自己摺的吧，一定是的。王老師的手指，又長又白。他想著王老師摺青蛙的手指。

王老師剛給他的時候，摺得很平。他伸出手，他的手指有點顫抖。王老師的手指，又長又白。王老師的手指會顫抖嗎？他再伸出一點，他的手指已碰到紙青蛙了。他停了一下，而後用手指壓了它一下。紙是乾乾的，完全沒有那種軟軟、黏黏的感覺。

他用手掌把紙再用力壓下，想把它壓平。

紙青蛙並不大，只有四公分多。他看著青蛙的眼睛。

王老師曾經講過，有一種蝴蝶，翅膀上有圓圈，像眼睛。麻雀看著，不敢接近。但是，如果把圓圈抹掉，麻雀不但敢靠近，而且會去啄食牠。

王老師為什麼沒有在紙青蛙上畫眼睛呢？他拿起黑筆，在那長方形的眼睛上，各畫上一個圓圓的黑圈。一畫上眼睛，那紙青蛙就更像真的了。他自己也嚇一跳，把手縮了回來。

那是假的，而且是用紙做成的。他把紙青蛙拿起來。他不怕紙青蛙了。

其實，以前他並不怕青蛙。以前，他就釣過青蛙，也捉過青蛙。他用一根竹枝，繫一條線，線的下端結一條蚯蚓，不必用鉤子。然後在草叢裡一抖一抖，青蛙會跳上來咬住蚯蚓，青蛙一咬住，就不肯放開。他用麵粉袋接住，把青蛙抖進麵粉袋裡。他就帶那些青蛙回去餵鴨子。

那時候，他是小學三年級吧，阿地他們已是國中生了。有一次，他跟阿地他們一起去阿火姆家的古井邊，看到一簍，大概有十隻大青蛙，是阿火姆買來要拿去放生的。阿地把大青蛙一隻一隻捉起來，用稻稈插進肛門，而後猛吹氣。他說不要，阿地不聽，把那些青蛙的肚子都吹成大氣球，白白的肚子翻上，躺在那裡無力地踢動著腳掙扎著，有的已快死掉了。阿火姆很生氣，跑到他家裡來問罪。他很害怕，說那是阿地做的。

阿地回去，被他老爸用扁擔揍了一頓。

「報馬仔，報馬仔。」阿地一直這樣罵他。

那以後，阿地他們出門，他要跟，阿地他們就會趕他。

有一次，他又跟阿地他們出去。他們走到草寮那邊，阿地叫他閉住眼睛，把雙手舉到胸前。

「做什麼？」

「送你一隻大青蛙。很大，而且很漂亮，背上還有金線呢。」

「快舉起手。」別的孩子也叫著。

「青蛙有多大？」

「很大，很大。你想多大，就有多大。你趕快想。」別的小孩張開雙手一比，又哈哈的笑了起來。

「你騙人。我不要。」

「你不要，好了，你以後不要跟屎尾。」

他只好照阿地說的，舉起手，閉著眼睛，想著大青蛙，比阿火姆買來放生的，還要大。阿地把大青蛙放在他的雙手上。大青蛙，軟軟黏黏的，卻不動。那些孩子，好像騷動了一下。

「噓！」是阿地的聲音。

「……」沒有回答。

他睜開眼睛一看，手掌上的，哪裡是大青蛙，卻是一尾青竹絲。

「哎喲！」他一驚，雙手一揚，把青竹絲往上一拋，不知拋到哪裡去了。

「哈哈哈！」

「哈哈哈！」大家都笑著。

那天晚上，他一直作夢，夢見青蛙，也夢見蛇。一下子蛇變成青蛙，一下子青蛙又變成蛇。蛇的眼睛和舌頭，都是紅色的。以後，他時常作那種夢，有時還會從夢中驚醒過來，也會流下滿身冷汗。

他並不是怕青蛙。每次，他看到青蛙，就自然會想到了蛇。那以後，他也怕起青蛙來了。

王老師給他紙青蛙的時候，什麼也沒有說。但是，他知道老師的意思。而實際上，他也已經敢觸摸紙青蛙了。至於真正的青蛙呢？

他走下石階路，走到環山的柏油路。那是路的最高點，兩邊都是下山的，在那裡，可以看到路上有不少動物。有蚯蚓、蝸牛、蛞蝓，也有青蛙。青蛙是用跳的，其他的都慢慢爬動著。

路上，沒有什麼人。

忽然，有一部汽車開過來。這裡已是校園裡了，車子很少。輪子轉過的地方，已有一些小動物被輾碎了。

他沿著柏油路走下去。路的兩側，一邊高，一邊低。靠山的那一邊反而低。另外的那一邊，有一條排水溝，水從山上面注下來，有的從柏油路這邊流下去。水流混濁而急湍。

路靠山的一邊是草叢。

他順著柏油路，往下走了一、二十公尺。他看到路上有許多小青蛙。牠們有大的，也有小的，顏色也不一樣。大部分是土褐色的，有的帶點赭色，也有的帶點綠色。

最奇怪的事是，牠們都是往同一個方向跳，慢慢的跳。牠們是從草叢那邊出來，跳往水溝的那一邊。

爲什麼呢？他發現，草叢那邊好像積了不少水。這會是原因嗎？

他遠遠的看著。一隻又一隻，慢慢的橫過馬路，好像是在遷徙一般。

有一隻比較大的，也是褐色的，身長有三公分多。跳得比較快已跳到水溝邊的水泥護岸上，停了下來。下面，水溝的水流得很快，不停滾動著。水溝有六十公分寬，牠每一步只有十公分左右，牠能跳過去嗎？

但是，牠卻靜靜的停在那裡，像站在屋簷邊的貓，仔細的衡量另外一邊的寬度和深度。牠也知道危險的吧。看來，牠很聰明。他想，牠會折回去的吧？

砰！他剛想到這裡，那青蛙後腿一踢，剛好跳到水溝的中間，急湍的水流，立即把牠捲了進去，只看牠在水裡翻滾了一下，很快的，沖到下面很遠的地方去了。

「笨！」他大聲的說。

他再看，路上還有許多青蛙在跳著，依然向著水溝的方向。他走到一隻比較大的青蛙面前，差不多三十公分的地方，用力踩著腳，想把牠趕回去。青蛙停了一下，而後斜步跳開一、兩步，又轉正方向，往水溝的方向跳。這時，他更明顯的看到路的傾斜。草叢的那邊高，水溝的這邊低。這也是原因嗎？

「回去！回去！」

但是，似乎沒有一隻青蛙聽他的話。

「怎麼辦？」

他走到山坡上，折了一支竹枝，在青蛙前面拍著。青蛙不聽，他用竹枝把青蛙

撥回去。青蛙身子翻了一下，四腳朝天，但是很快的又翻回來，依然把方向轉好，慢慢跳向水溝。

又有一隻跳到水溝邊了。他趕過去，但是，他人一接近，那隻青蛙，又是砰的一聲，跳進水溝裡了。

「怎麼辦？」

他知道最好的方法，就是用手去抓，把牠送回另外的一邊。但是，他怕。他不敢去碰牠。

王老師叫他不要怕。王老師送了一隻紙青蛙給他。開始，他連紙青蛙都怕，現在他不怕了。這是一種轉變。

他把竹枝丟下，在一隻青蛙前面蹲下。青蛙停下來，看他。他看到了青蛙的眼睛好像往上睜著。牠的眼睛很小。但是，那還是眼睛。他想到在夢裡看到的蛇的眼睛。

他伸出手。他的手有點抖。他的額頭冒出汗。是汗？還是雨水？他身體熱熱的，應該是汗。

如果，他不把牠抓回去，牠又要跳到水溝裡了。一旦跳進水溝，是一定沒有命的。想到這裡，他的眼睛有點熱。

快，路上有那麼多的青蛙，一直跳向水溝。

他伸手。他看著青蛙，也看著自己的手。

他又想到王老師摺紙青蛙的手。她摺一下，而後用手把它撫平。她的手很白，手指細細長長的。

他把手更伸近一點，就要碰到青蛙了。那是青蛙，不是蛇。不要怕。

他用手很快把青蛙撥一下。溼溼的，軟軟的。青蛙身子一翻，但立即又爬起來。

「我碰到牠了！」他對自己說。

但是，青蛙還是和以前一樣，把方向調整好，再跳向水溝。

「有夠笨！」他大聲說，好像對青蛙，也好像對自己說的。

他伸手抓住一隻，迅速丟向另外一邊。他做到了，他做到了。他走過去一看，也許丟得太遠，也許丟得太重，青蛙躺在那邊，肚子向上，慢慢的伸動著腳，卻無力翻身回來。他把牠翻好，牠還是靜靜趴在那裡。會不會死掉？

他再走回來，看著一隻跳到最靠近水溝的青蛙。

他知道，王老師爲什麼摺紙青蛙給他。

他蹲下身，向前一步，伸手撲住青蛙。青蛙在手掌裡動著，溼溼軟軟的。他緊緊的抓住牠。青蛙在他的手掌中，踢著腿掙扎著。不能放手，他對自己說，一旦放手，就要從頭再來了。他抓牠到路的另外一邊，輕輕的放下。青蛙靜靜的趴在那裡，眼睛朝上，好像在看著他。

「我，我做到了！」他大聲對自己說，也好像在對那隻青蛙說。

他知道，他的身體很熱，一定流了不少汗了。

就在這時候，他好像看到了王老師露出虎牙對他微笑著。

——一九九一年

選自幼獅出版《小說之旅》

10

童伴

天已黑了，一彎新月掛在教室外面，民家的長竹叢上。

補習的學生剛剛下課，已有人熄掉教室的燈光。

石世文一個人，坐在球架底部的橫槓上，腳邊放著一個籃球。陳明章也下課了吧。他知道石世文還在籃球場上嗎？

打球的人都走了，只剩下石世文一個人。他想再練習一下。一個人，拿球的機會就多了。他要練習運球。打籃球，主要是投籃。他常常覺得奇怪，爲什麼他運球，別人一下子就搶走，別人運球，像李老師，他就是攔截不到。

他已滿身大汗。

日本人喜歡打網球、野球和排球。外省人喜歡打籃球，一個人可以投籃，可以運球。這個球場本來是網球場，放了兩個球架，就變成籃球場了。本來，有兩根掛網球網的水泥柱已被拿走了，不過留下兩個洞，隨時可以把柱子立上去。

啪、啪、啪、啪。

石世文又開始練習運球。李老師曾經教他運球的腰身、腳步和手部動作。打籃球的，主要是幾位外省老師，像李老師、陳老師。石世文開始打球，人太小，只在旁邊看著，等著，球彈到球場外，他就跑過去撿。現在，他可以一起投籃了，不過還不能賽球。

自從網球場改成籃球場之後，幾年沒有人打網球了。

他看著籃球場，想著以前井上先生打網球的姿勢。她穿著白色的衣裙，白色的運動鞋，額頭結著白色的布條，叫鉢卷。她說，那是一種姿勢，也是一種決心。

他四年級的時候，受持先生，級任老師，出征去了，井上先生來代課。她是神社主持，神主的妹妹。因爲她，石世文還去神社參拜。他去幾次，都碰到伊藤奧桑跪在神社前面的一角祈禱。伊藤住在郡役所對面，是代書，早期也賣鴉片，戰後還留住一年多。

伊藤奧桑，每天清晨，去神社參拜祈禱，雙手合十，靜靜跪在神社前面的一角，祈求皇軍武運長久。她有兩個兒子都在戰地，這也是她去祈禱的主要原因。戰後，聽說，兩個兒子也平安回來了，大家都說，是誠心感動天。

神社境內很清靜。神社的基地幾乎有運動場那麼大，還不包括參道，是四方形，周圍有壕溝，只有樹和鳥聲。樹有松樹、杉木、也有榊。榊並不高，是日本人的神樹。它的枝葉，像榕樹，樹身較短，樹枝可以做拂塵，也可以供奉神。這裡也有許多鳥，阿川喜歡打鳥。神社境內，好像不准打鳥。

很不幸，井上先生要回去內地結婚，船剛出海，就被美國的潛水艦擊沉。有時，石世文也會翻開畢業紀念冊，井上先生的相片是放在先生們的相片上方，一個橢圓形的框框裡面。

日本人走了之後，鳥也走了，神社屋頂的青銅聽說很值錢，已被剝走了。聽說，這裡將改成工廠，製造血清。

球場，以前也演過電影，是露天的，只在天晚以後上映。在球場的一端，插兩根孟宗竹竿，結上橫槓，掛上白布幕。戰時，他五年級，張建池帶他去看，是演男人和女人的故事。他喜歡看戰爭的片子。軍艦、飛機、大砲，還有坦克。還有日本兵在城牆上舉手高呼萬歲的鏡頭。觀眾看到了旗子出現，就拍手，不管是日章旗或軍艦旗。石世文也會跟著拍手。這已是一種習慣了。

張建池大他兩歲，告訴他，有一天，對男女故事，他也一定會感到興趣。他去神社，去看井上先生，和這有關嗎？

張建池是運動選手，他很會拉單槓，也很會跳箱。拉單槓，他會很多動作。他用腳一踢，人就上去，而且抓住鐵槓翻轉。跳箱，他會輕易跳過八層。石世文只跳到六層。他也常常代表學校去參加郡內的運動會。在戰時，在講堂裡面，就是大禮堂，有人運來一綑一綑的稻草，聽說是要拿去餵軍馬。也有人說，是要運去做紙漿。有學生，爬上講堂上的橫樑，而後跳下來。開始，是跳到稻草堆上，石世文也跳過。後來有人把稻草綑拆散，舖在地上，太高了，只有兩三個人敢跳下來，張建池便是其中一個。

現在，張建池已去台北一家茶行工作，平時很少回來。

林良德是石世文的同班同學。一年到五年是同學，到了六年受驗組（升學班）也是同學，而且共用一個桌子。他的手指很靈活，很會摺紙，做飛機，做船，做青蛙，也會做更難的鶴、武士的戰帽，也會做狗和兔子。他父親在深坑開貨車，很少回來。石世文不知道深坑在哪裡。畢業之後，林良德搬走了，可能是去深坑找他父親。

黃金傳也是石世文的同學，不過，他沒有讀受驗組，六年時就不在一起了。在戰爭末期，國校學生按「保」組織奉公班。當時，保甲已改爲町，一個町有幾個奉公班，主要是要整隊上學。張建池是高等科的學生，做班長。黃金傳時常遲到。要等他嗎？有人說要等，有人說不要等。張建池決定要等他。

「馬鹿野郎。」

張建池大吼一聲，打了黃金傳一個巴掌。

「你不能打我。」

黃金傳用手壓住臉頰。

「爲什麼？你已遲到五次了。」

「我要告訴你母親。她是我的老大姐。你應該叫我表舅。」

石世文有聽過。在舊鎮，因爲聯親的關係，很多人是親戚。張建池的確應該叫他表舅。

張建池不再打他，一到學校就去向擔任的種村先生報告。種村先生後腦像屏風，學生都叫他扁頭仔，他是劍道選手。他時常打學生，學生都很怕他。

種村先生叫黃金傳跪在地上，一手握著竹劍，一手張開手掌，問他要選擇哪一邊。這是他打學生的方式，一般學生都選擇手掌。

那天，黃金傳被種村先生打了五個巴掌，之後，種村先生還問他可以了嗎？他點頭。他的臉紅腫起來，像麵龜，回到教室時，大家還以爲他是因爲偷東西被打。黃金傳有偷東西的習慣。鉛筆、橡皮擦、色紙，什麼都偷，有時也偷錢。他常常被打。有學生丟東西，就先查他的身體和書桌。他沒有書包，書都是用大手巾包的。他是笨賊，偷的東西都放在口袋裡或書桌裡，很快就被發現，很快就會被打。有時，找不到，他也一再否認，大家還是認爲一定是他。

黃金傳有一種奇妙的習慣。他愛挖鼻屎，而後搓成像仁丹的小丸子，把它黏在書桌下。學生都知道。有人去看，有人把它弄掉，他就放在火柴盒裡面。開始，有人把鼻屎丟掉，有人乾脆就把火柴盒丟掉。後來，大家好像變成一種期待，看他收集多少。有時，如鼻屎還沒完全乾，他會把它搓在一起，變成大一點的丸子，大家期待，有一天，他一定會搓成臭藥丸那麼大。

黃金傳搓鼻屎，很專心。不過，他有一種能力，他眼睛專注的看著老師，手指在桌底下搓，所以老師不會發現。同學知道，笑起來，他就會轉頭去瞪人家。有時，還會叱一聲「笑什麼」。

黃金傳的父親是理髮師，在後街開理髮店。以前，他是挑著擔子，到鄉下理髮。現在，有店了，只有一個人，也只有一張理髮椅子。黃金傳一畢業，就在家裡做學徒，學理髮。開始，他只是站在旁邊看，而後幫人家洗頭。不到兩年，他會剃，也會剪，他父親也說要退休了。

有一天，黃金傳被雷公打死了。

離開理髮店不到五十公尺的地方，就在大水河的港坪上，有一座觀音媽廟。有人說，是寺，不是廟。因爲供奉的是觀音媽。有人說，是廟，裡面有土地公。在舊鎮，較少有二樓以上的房子，觀音媽廟是二層，那是因爲建在港坪上的路邊，地太小，只能往上面蓋。裡面，每層只能放一套神桌，上層供奉觀音媽，下層是土地公。一般人，寺廟分不清楚，所以叫它觀音媽廟。

後街還沒裝水道，吃喝的水，要去市場的公共水道拿，洗衣服，就直接到河邊洗，洗頭髮的水，就要去河裡提。

那一天，忽然下了大雨，有雷公，也有閃電。一個脆雷打到觀音媽廟。黃金傳就躲在觀音媽廟的屋簷下。雷公將觀音媽廟的屋簷削去一角，也把黃金傳打死了。好大膽的雷公，有人這樣說，因爲雷公打到觀音媽廟。

爲什麼不跑回家？有人說。他沒有辦法提著一桶水跑回家呀。另外的人說。那爲什麼不躲進廟裡？廟太小了。有人說，他不敢進廟裡，也有人說觀音媽廟，高高瘦瘦，像避雷針。石世文這才知道，避雷針不是閃避雷公，而是引導雷公。以前他看過日本的漫畫，雷公被畫成紅鬼，避雷針插著雷公的屁股，雷公大聲叫痛。黃金傳死後，家人發現他的木箱裡面放著一些筆、白紙、橡皮擦，也有銀角子。

還有一個火柴盒，裡面放著一些小丸團，有的比仁丹小，也有的和仁丹差不多，也許還有一些大一點。這是什麼？有人問。仙丹吧，有人回答。石世文知道，那是鼻屎丸。畢業之後，他還是繼續挖鼻屎，搓小丸。

以前，大家都說他笨賊，偷食不會拭嘴，幾乎每次都被抓到，也被打。爲什麼還有那麼多偷來的東西？還有兩個大正時代的龍銀。

阿興和黃金傳住同一個房子。舊鎮的大街，北側背後有圳溝，附近有以前日本人住的宿舍。南側背後是後街。後街的房子後門和大街房子後門相對，前門對著大水河。黃金傳的店，在正門那邊，阿興他們住在後面，和石世文家的後門相對。

阿興的阿媽是石世文的大姑，他的父親是石世文的表兄。不過，阿興只小石世文兩歲，平時都叫名字。阿興是他的主要玩伴，玩玻璃珠、打干樂、下棋、下直，玩尪仔標。甚至連女孩子玩的擲沙包、跳房子，都玩過。不過，他們不一起游泳，也不一起釣魚，因爲阿興是大孫，他阿媽不准。

阿興國小畢業，就去家具店當學徒，學木匠。雖然人還在街上，可以見到面，卻不能一起玩了。

阿麗和阿興同年，住在隔壁。小時候，大人問阿興，你要娶阿麗嗎？阿興紅著臉說好。不過，阿麗說要嫁給阿水。現在，阿麗國校畢業，就去下港賺食了。她皮膚白白，留著短髮，穿著花格子的裙子，時常和阿興在門口玩。

賺食是什麼？石世文問李宗文。李宗文說，她們是可憐的女人。在戰爭末期，石世文看到在大水河港坪下面的小路上，在黃昏，有幾個朝鮮婆仔，穿著和一般的女人不一樣的朝鮮衣服，在那邊散步，也唱歌。

「朝鮮屁。」

有小孩在港坪上喊著，把石頭丟下去，丟進水裡，開始丟得遠遠的，而後慢慢接近岸邊，有的沒有丟準，丟到路上。

「不能欺負她們。她們是一群可憐的人。」

李宗文告訴石世文。

「她們從很遠的地方來。」

戰爭結束，就沒有再看到她們了。石世文知道她們住的地方，也去看過，門是關著，已看不到人影了。

「所以，阿麗也要去很遠的地方？」

石世文問。

「要去下港，要去很遠的地方。沒有錯。」

有人問阿麗，爲什麼不嫁阿興，要嫁阿水？她說，阿水家有水果，也有糖果。阿水的父親叫阿昌。依照舊鎮的習慣，對長輩都叫阿伯或阿叔。不過，對阿昌，因爲自小就在那裡做生意，很多人都叫他名字，小孩都跟著大人叫他阿昌。

阿昌在市場門口開一家小店，賣糖果、水果，也賣祭拜用品，像金紙、銀紙、和香條，生意很不錯。阿水是獨子，有人說不是親生，是收養的。阿昌的水果，都是下午去台北的中央市場割回來的。爲什麼是下午？一般人買水果，都是上午，比較新鮮。下午，都是人家挑剩的，很便宜。阿昌說，會買比會賣重要。

鳳梨過熟，快爛了，最甜。阿昌削鳳梨，先去表皮，再將皮下的斑點，用刀子，刻成螺旋狀，把斑點去掉。這樣，可以減少損失。

阿水是不是和名字有關，不知道。他很喜歡游泳。有時，他跟著大家，有時一個人游。可能有人去告訴阿昌姆，她拿了一把竹絲，氣沖沖，跑到河邊來找人。

另外，又有人大聲叫喊，警告阿水，說他母親來了。平時，阿水在入水前，先把衣服藏在港坪上的草叢裡，但是草並不高，這樣子，衣服不會濕，可以瞞過他母親。喜歡游泳的人都知道，下水游泳之後，用手指一抓皮膚，就會顯出白線。

阿昌姆來了，先找出衣服。阿水裸著身體，用手掩著大腿間，從河邊一直奔跑回去，阿昌姆氣喘吁吁的，拿著他的衣服，在後面追著。其實，他上來，她就放心了。回去，頂多打一下。

母子追逐的景象，石世文不會忘記。

現在，阿水已很少下水游泳了。他讀完高等科之後，就回家做生意。在學時，他也會幫忙，現在，他已可以代替父親去中央市場採購了。

有一次，石世文騎車，從台北回舊鎮，在路上遇到阿水。他是去中央市場割水果的回途。他騎著三輪小貨車，上面有香蕉、鳳梨和甘蔗。幾綑甘蔗的尾部，長長伸出車尾。他一面踩車，一面吃雞捲，是用紙包的，放在把手下的一個鐵絲網籃裡。他從中央市場回家，都彎去圓環，吃一份蚵仔煎，再包兩條雞捲一路吃回來。

這一點，和他父親不同。他父親是直接去中央市場，再由中央市場直接回家，從不彎路吃點心。

石世文忽然了解，阿麗爲什麼說要嫁阿水，而不嫁阿興了。

石世文又拿起籃球，練習運球。那是從學校借來的。那是一個已經被淘汰的球。籃球是皮製，因爲下雨泡水，已變形了。它不但變大，還變長、變歪了，有一點像大型橄欖球。李老師告訴他，用這種球練習，不管投籃或運球，一定會進步。李老師就是陳明章的老師，是教升學班。教室的燈已熄滅了。李老師已下課了，陳明章也應該已回家去了。

大約在兩年前，石世文在媽祖宮後面的水池釣魚。陳明章也在附近釣。石世文釣了兩條鯽魚，大的有三指寬。魚的大小是用手指的數目量的。陳明章那邊，卻沒有釣到。

「不要靠過來。」

石世文怕釣線纏在一起。釣線很細，一旦纏住，就很難解開，有時必須將釣線咬斷。有時，魚吃餌，猛拉，亂竄，就更容易纏住。

「不要靠過來。」

石世文看陳明章更接近。

「那是蝦子。」

蝦子吃餌，不直接吃，光用鉗子夾，而後慢慢拉動。

石世文釣魚，不喜歡蝦子，也不喜歡竹篙頭，還有大肚魚。竹篙頭，魚不大，嘴很小，不容易上鈎。大肚魚吃餌很兇猛，把浮標用力拉，以爲是大魚。一釣起來，只比魚餌大一點，完全感覺不到重量。有人很氣，會把它捏死，再丟回水裡。陳明章過來，石世文就移開一點，還是他釣得到魚。有人說，有一種人叫臭腥手，就是釣得到魚。石世文認爲，他的釣竿比較長，他的釣鈎形狀比較適合釣鯽魚，還有釣餌。

「不要再靠過來。」

忽然，有魚吃餌，把石世文的浮標拉下去了。

「纏住了。」

陳明章叫著。

沒有錯，是石世文的線去纏到對方。石世文拉上釣線，有一條鯽魚在空中跳躍，閃爍銀光。同時，陳明章的釣線也一起拉上來了。兩條線纏住，忽然，釣上的魚，脫開釣鈎，掉回水裡。

「攏是你。」

「是你的釣線纏住我的。」

「我解不開，要拉斷你的。」

「是你的纏住我的。拉斷你的。」

「我叫你不要過來。」

「水池又不是你的。」

「也不是你的。」

石世文用力把釣線拉斷。

「你賠我。」

陳明章大聲說。

石世文不加理會，取出新的釣線。

「我爸爸是警察。」

「三腳仔。」

石世文說得很小聲。

陳明章的父親，自日本時代就當警察。大人說，警察有兩種，一種好警察，另外一種壞警察。陳明章的父親不是壞警察。

「你說什麼？你罵我阿爸。」

陳明章說，用力推他，差一點把他推下水裡。他抓住陳明章的手，身體向一邊一閃，把陳明章拉了一把，他腳不穩，整個人掉進水池裡。

水並不深，只到陳明章胸部。他知道陳明章會游泳，不過，他不游，卻站在水裡哭著。

石世文也跳進水裡。他不清楚爲什麼這樣做。他有一點怕。這樣子，可以算兩個人都落水了。

「不要哭。」

石世文說，其實，他也差一點哭出來。

「我要跟我阿爸講。」

「不要哭。」

石世文再說一遍，脫下上衣，丟到岸上，而後潛到水底。以前，他潛水摸過小蝦。水池底是泥土，他將手掌做成鉗狀，順著水底前進。蝦子碰到了手，往後彈，有的彈進他的手掌，有的彈入泥巴。

「給你。」

石世文摸到一隻小蝦子，只有四公分長。

「什麼？」

「蝦子。」

石世文又潛水下去，摸到一隻大一點的。

「不要哭。我教你摸蝦子。」

「今天不要。」

石世文又潛水下去。他摸到一隻更大的蝦子。

「給你。你不能告訴你阿爸。」

「這是什麼？」

「大蝦子。」

「石世文，我們去釣魚。」

有一天，陳明章來家裡邀他。石世文教他結釣鈎，也教他鈎釣餌。

「石世文，我們去摸蝦子。」

陳明章會游泳，是狗爬式。舊鎮大街的南側是大水河，北側是圳溝，只要敢接近水，大都會游泳。

「給你。」

「什麼？」

「田貝。」

「是不是女人的？」

「問你阿姊好了。」

「阿姊會罵我。」

「那就不要問。」

陳明章的阿姊，和石世文同學，是受驗組的同學。戰時，他們家改了姓名，她叫東鄉貞子，現在已改回原名，叫陳雪貞。

石世文有一個同學，叫黃錫坤，六年級一開學，就寫信給東鄉貞子。「黃錫坤健壯，貞子很溫柔……」信是用日文寫的。這以後，大家碰到他，就會唸出這兩句笑他。他也不在乎。現在，他們兩人初中也同班，每次坐公路局巴士回來，黃錫坤都會找位子和女生坐在一起，尤其碰到陳雪貞的時候。戰時，她讀高女，現在也改爲初中了。

「不用怕，也不要害羞。」

黃錫坤對石世文說。

有一次，她的父親，把黃錫坤叫過去，責備他，叫他好好讀書。

「石世文，這給你。」

陳明章對石世文說。手拿著四節的釣竿。

竿。

石世文到現在還沒有用過這種四節的釣竿。這種釣竿很貴，他買不起，只用直

「爲什麼送我？」

「我阿爸說，讀書要緊。我不但要唸初中，讀高中，還要讀大學。」

「讀大學？」

舊鎮的人，讀大學，石世文知道的，只有三個人。

「對。所以，我要去台北考初中。很難考，我不能再玩了。」

舊鎮，去年剛設初中，因爲離家近，很多人去應考。不過，還是有人認爲台北的學校好，而且同校設有高中可以接上去。

「你讀大學以後，還可以用呀。」

「那時，我還要買好一點的。我要買車仔釣。我阿爸說，車仔釣，才能釣大魚。」從此，陳明章就沒有再約他去釣魚了。

啪、啪。

他一個人拍著籃球，因爲球已變形，彈起來很不規則，比較難做假動作。

學校裡面沒有人。他聽到腳踏車的聲音，腳踏車通過事務室之間的玄關的通路停下來。燈光已熄，月亮也看不見了，不過從微弱的光線，可以看出那個身影。那

個人腳不夠長，停下來時車子歪到一邊，人也搖晃一下，差一點跌倒。

「世文。」

「奧多桑。」

父親怎麼會來？

「回去吃飯。」

石世文沒有回答，把籃球放在事務室前面的籃子裡。

前幾天，他發現自己已比父親高了。父親騎的是二八仔。一般人都騎二八仔，聽說有二六仔，多是女人騎的，不過，在鎮上他沒有看過。父親個子不高，踩不到地，平時已很少騎車。石世文很會騎車，可以人騎在車上，彎腰下來，伸手撿起地上的東西。

「奧多桑，回去，我載你。」

石世文走到父親旁邊，拉住把手。

「你要載我？」

父親說，看他一眼。

「對。」

「你會載我？」

「奧多桑，我很會騎車。」

「好吧。」

父親說，人也坐上虎骨。

石世文一腳踩上踏板，一腳跨過去，坐在車椅上。

學校裡已完全暗了，他用力一蹬，騎出學校，他的臂彎輕觸著父親的肩膀父親的肩膀父親的肩膀父親的肩膀。

——二〇〇八年

選自九歌出版《九十七年小說選》

附錄：鄭清文少兒文學著作一覽表

書名	出版社	出版日期
新莊——失去龍穴的城鎮	台灣省政府教育廳	一九八四年四月
燕心果	號角出版社	一九八五年三月
春雨	遠流出版事業股份有限公司	一九九一年一月
燕心果	自立晚報文化出版部	一九九三年二月
沙灘上的琴聲（圖畫書）	台英社	一九九八年六月
春雨（圖畫書）	台灣麥克出版股份有限公司	一九九八年十二月
天燈・母親	玉山社事業股份有限公司	二〇〇〇年四月

燕心果	玉山社事業股份有限公司	二〇〇〇年四月
春風新竹	教育部兒童讀物出版資金管理委員會	二〇〇一年六月
採桃記	玉山社事業股份有限公司	二〇〇四年七月
丘蟻一族	玉山社事業股份有限公司	二〇〇九年六月
紙青蛙——鄭清文精選集	九歌出版社	二〇一〇年四月

新世紀少兒文學家 1

紙青蛙

鄭清文精選集

著者　鄭清文
插畫　黃郁軒
主編　林文寶
執行編輯　鍾欣純
發行人　蔡文甫
出版發行　九歌出版社有限公司
臺北市105八德路3段12巷57弄40號
電話／02-25776564・傳真／02-25789205
郵政劃撥／0112295-1
九歌文學網　www.chiuko.com.tw
印刷　晨捷印製股份有限公司
法律顧問　龍躍天律師・蕭雄淋律師・董安丹律師
初版　2010（民國99）年4月10日
初版3印　2014（民國103）年7月
定價　250元

書號　0171001
ISBN　978-957-444-678-0

國家圖書館出版品預行編目資料

紙青蛙：鄭清文精選集／鄭清文著 ；黃郁軒圖．
— 初版．— 臺北市：九歌，民99.04
面； 公分．—（新世紀少兒文學家;1）
ISBN 978-957-444-678-0 （平裝）

859.6 99004112

新世紀
少兒文學家

新世紀
少兒文學家

新世紀
少兒文學家

新世紀
少兒文學家